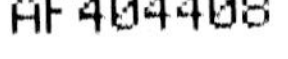

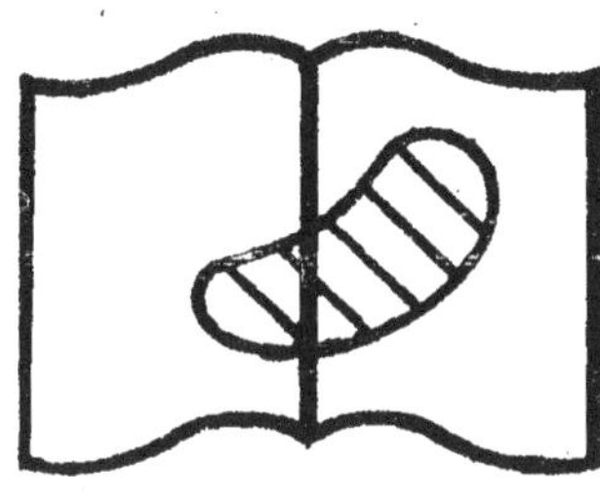

Illisibilité partielle

VALABLE POUR TOUT OU PARTIE
DU DOCUMENT REPRODUIT

Couvertures supérieure et inférieure
manquantes

DU N° 41.
AU N° 50.

HISTOIRES
DU
COLONEL RAMOLLOT

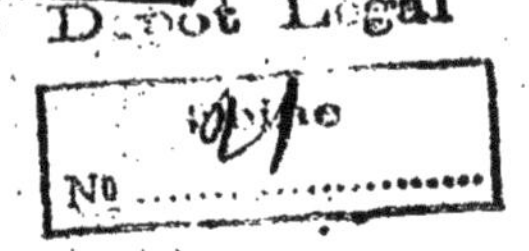

L'EX-VOTO

Habillé en bourgeois et un paquet sous le bras, le colonel Ramollot, qui a l'air absolument furieux, se dirige à grands pas vers son domicile, en manœuvrant sa canne, de telle sorte, qu'il risque à chaque minute d'éborgner les passants.

S'crongnieugnieu!... tas d'jésuites!... j...-f...! rosses!... c'est à peu près tout ce que les gens, ahuris, lui entendent murmurer le long du chemin, quand tout à coup, le colonel se trouve nez à nez avec le capitaine Lorgnegrut.

— S'crongnieugnieu ! cap'taine, pas fâché d'vous rencontrer.

— Mon...

— Vous aussi, je l'sais bien n... de D...! pas b'soin de m'couper pour me frictionner d'la... d'la chose. F'gurez-vous s'crongnieugnieu ! qu'il m'arrive une affaire épouvantable ! et v'là c'que c'est qu'la r'ligion, c'que vous en pensez cap'taine, voyons n... de D...! c'que vous pensez d'ça ?...

— Vous avez certainement raison, mon colonel, mais j'ignore....

— Eh bien ! pour lors, pourquoi m'donnez-vous raison n... de D...! j'n'aime pas ça, cap'taine, j'n'aime pas ça, cap'taine, v's'entendez bien c'que j'vous parle !

— C'est que si vous aviez tort, mon colonel, cela m'é....

— Impossible m'sieu ! impossible, j'vous dis qu'j'ai raison, et j'suis vraiment surprenant d'vous voir fréquenter avec le clergé dans cette sale affaire.

— Je... oh ! pas du tout, mon colonel, mais c'est que... je ne vois pas...

— On l'dit tout d'suite n... de D...! mais non, faut toujours vous tirer les paroles du ventre ; c't'étonnant p'role d'honneur ! c'donc bien diff'cile de m'dire : Mon colonel, improvisez-moi d'la... d'la chose, afin d'm'enduire du sentiment comme lequel il comporte.

— En effet, j'aurais dû...

— Mais c't'évident, s'crongnieugnieu ! Eh bien ! cap'taine, voici l'mémorable de gui-ci ; écoutez-moi bien et v's'allez voir :

— V's'êtes venu c't'hiver aux bals de la préfecture, pas vrai ?

— Oui, mon...

— Laissez-moi donc parler n... de D... cap'taine !
pas moyen d'placer un mot avec vous, ça d'vient
affligeant, quelle f... manie vous avez là ! Bon !...
v'là qu'je n'sais plus c'que j'disais...! Ah ! j'y suis,
je... quel j...-f... que c'curé, hein !

— Oui, ce...

— Quoi oui ? attendez donc, vous n'savez pas
s'ment c'que j'veux dire ! Pour lors, je r'prends :
V's'êtes venu c't'hiver aux bals
de la préfecture pas vrai, et
vous.... mais dites-moi donc
cap'taine, vous d'vriez bien
m'tenir un peu mon paquet,
y m'coupe le bras n... de D...!
Merci. Et vous avez dû...
prenez garde s'crongnieugnieu !
ne m'f... pas mon machin par
terre, c'pas d'la filasse... et
vous avez dû y r'marquer un
cochon d'j...-f... qui avait une
gueule d'oie ?

— Une... non, je n'ai pas...

— Mais si, mais si, v's'avez dû l'remarquer ; du
reste que vous l'ayiez remarqué ou non, dites-moi
oui tout d'même, ça m'fra plaisir. Pour lors c't'animal, c'est l'président du tribunal, une tourte qui
s'f... en jupon pour f... les particuliers à l'ombre.
M'déplaisait c'n... de D...-là, et c'qui m'dégoûtait
l'plus, c'est que c'pékin était l'mari d'une femme
superbe s'crongnieugnieu ! Des bras comme mes
cuisses, large comme une armoire, et une avant-
garde... n'vous dis qu'ça n... de D...! on aurait pu
y f... une chaise.

— Ah ! oui, en effet, maintenant je...

— Parbleu ! quand j'vous l'disais ! Pour lors j'rencontre le préfet et j'lui propage de çui-ci : N... de D...! m'sieu l'préfet, v'là c'que j'appelle une jolie femme.

— Oui, m'dit-il, c'est madame la présidente, la femme de ce monsieur que vous voyez là-bas.

— C'singe aux ch'veux jaunes ?

— Lui-même; voulez-vou ? que je vous présente ?

— F... non ! mais dites-moi, comment s'fait-il qu'une aussi belle femme ait épousé c'mann'quin? elle doit s'f... de lui j'occasionne.

— Mon Dieu... non, seulement on dit qu'ils ne font pas très bon ménage ; la présidente est très dévote, et le président, au contraire, est très irréligieux, de là d'éternelles discussions... dit-on, car je ne sais pas au juste.

Avec mon admirable intelligence, comprenez, cap'taine, que je... mais n... de D...! changez d'bras si mon paquet vous gêne, j'sais c'que c'est, je n' peux plus r'muer la main... intelligence, que... comprenez, m'vient tout d'suite une idée vraiment r'marquable: Présentez-moi donc à la présidente, dis-je au préfet. Cinq minutes après j'imbibais cette dame de la poésie susceptible de mon individu et compliments flatteurs tout à fait choisis.

Impossible d'en v'nir tout d'suite aux mains avec... l'avant-garde de cette dame, comprenez, d'autant plus qu'son mari nous r'gardait d'loin avec son œil de couenne, mais je m'disais en moi-même : As pas peur n... de D...! t'auras beau m're-garder, c'pas encore toi qui m'empêch'ras d'donner l'as-saut.

— S'crongnieugnieu, dis-je, madame, m'semble que j'ai d'jà eu l'honneur de vous voir à la messe de Saint... Saint...

— Saint-Etienne ?

— Fait'ment, Saint-Etienne, dimanche dernier à...

— A onze heures.

— Comme de fait, madame, à onze heures. V's'é-tiez avec m'sieu votre mari, j'inaugure ?

— Non, j'étais seule, mon mari ne va jamais à la messe.

— Ja... jamais à la messe ! c'ment ça n... de D...!

— Ah ! colonel, ne m'en parlez pas, quand j'y pense...

— Ça vous... ça vous embête ; j'comprends ça n... de D...! Comment jamais, jamais ?

— Jamais, monsieur !

— Mais pour lors, madame, c't'un j...-f... vot'e mari, une rosse, un n... de D... d'mon sac !

— Oh ! colonel, c'est mon mari...

— J'm'en f... madame, c't'à-dire non, je n'm'en f... pas, mais ça m'embête de voir une personne comme laquelle vous êtes, obligée d'fréquenter avec c'polichinelle.

Mais s'crongnieugnieu ! cap'taine, si mon paquet vous fatigue, changez d'bras, j'sais c'que c'est, ça éreinte.

— C'est ce que je fais, mon colonel, seulement voilà la troisième fois que je change de bras, et comme je n'en ai que deux...

— Sont fatigués tous les deux ? Eh bien ! mais n... de D...! c'est bien simple, pourquoi vous fatiguez-vous inutilement? vous n'pouvez donc pas poser doucement c'paquet l'long du mur !

Pour lors nous continuons à causer avec tout l'agréable dont j'm'en flatte, et j'finis par lui dire : Mais n... de D... madame, moi je n'suis pas dévot, m'f... d'la messe et tout ça, s'ment, pour la chose de faire transpirer d'estime à mon vis-à-vis une personne qui emmagasine comme vous tout l'susceptible de .. de la chose, mais j's'rais f... de n'jamais manquer le... l'machin ; faut vraiment qu'vot'e cochon d'mari s'f... de vous !

Si je n'craignais vraiment d'lui faire honte, j'demand'rais la faveur de vous ombrager d'mon bras pour vous conduire à toute la... rocambole d'offices et autres.

F'sait des mines, s'tortillait, n'répondait pas, pour lors j'ajoute :

Tenez n... de D...! arrangez l'affaire, et si ça s'emmanche, vous pourrez dire que vous avez converti l'colonel Ramollot.

Huit jours après, l'président m'invitait à une soirée, quinze jours après j'dinais chez lui, et l'lend'main j'conduisais sa femme à la messe. Pour lors comprenez, ça... ça marchait quoi, mais c'tait pas encore ça. Enfin un jour elle me dit : Méritez-moi, colonel, montrez une piété sincère, et alors.... si

Dieu vous exauce, il vous donnera la force de triompher.

Alors cap'taine, savez-vous c'que j'ai fait ?... Ah ! à propos, c'que vous avez fait d'mon paquet ?

— Mais je... je l'ai posé là, mon colonel,

— Si ça vous prive, vous pouvez le r'prendre, n'vous gênez pas. Je... j'disais donc. n'savez pas c'que j'ai fait ? Eh bien ! j'ai fait une neuvaine à la chapelle de la Vierge !...

— Comment, de... de la Vierge, pour...

— F'ait'ment n... de D...! et le dixième jour, l'avant-garde et toute la boutique, v'lan !

— Ah ! c'est très...

— Pas vrai ! Pour lors, comme je n'suis pas un j...-f... et qu'j'avais vu un tas d'machins dans cette b... de chapelle, j'en avais fait faire un aussi comme de r'mercier la Vierge. Tenez, c'est dans l'paquet, défaites le papier, vous allez voir.

Lorgnegrut découvrit alors une plaque de marbre où se trouvaient gravées en lettres d'or les lignes suivantes :

Eh bien ! continua le colonel Ramollot, j'porte ça au curé c'matin, et v'là t'y pas c'n... de D... qui m'f... à la porte et qui r'fuse mon machin ! Non, mais, c'que vous dites de ça ?

— Oh ! c'est bien dégoûtant d'sa part !...

— Eh bien ! v'là la r'ligion n... de D... !

— Mon colonel, je vais vous rendre votre paquet.

— Mon paquet ! c'que vous voulez qu'j'en f... cap'taine ? J'vous l'donne, faites-en c'que vous voudrez, qui sait, si vous avez par hasard besoin d'faire un cadeau d'noce.

Et le colonel, toujours furieux, s'éloigna en laissant son ex-voto dans les mains du capitaine stupéfait.

J'porte ça au curé, et v'là t'y pas qui r'fuse mon machin !

(Page 8).

PAQUES

O tempora o mores, comme dit l'clergé, c'qui,
comme tout un chacun qui a r'çu d'l'estruction
l'sait comme moi, signifie : *ô temps de la morue*, te
v'là donc passé. N'suis pas enn'mi du maigre, j'm'en
f.... s'ment ça m'embête d'en manger v'là tout, autrement j'l'adore. C'pas comme Bernard, le père —
pas l'lieut'nant — un vieux, un chaud qui-là, à la
bonne heure. Gueulait tout l'temps comme une
tourte, f... tout l'temps les hommes dedans, tout
l'temps pochard c't'animal, mais quel off'cier !
Cam'rade de promotion n... de D...! En avons-nous
fait des noces ensemble quand il était garçon ! Car
il a fini par se marier c'te rosse-là — comme moi
du reste — et pour lors mon sac ! rentrait s'coucher
comme le premier quiconque.

Avant c't'époque, en v'là un qui n'aurait pas
fallu lui f... de la morue! N... de D...! m'rappelle
un soir d'la s'maine sainte qu'il était pochard, qu'il
a ait rentrer toute la morue d'un n... de D... d'épi-
cier d'Versailles, en lui disant qu's'il lui en voyait
vendre pour un sou, il lui f... son sabre dans l'ventre. S'crongnieugnieu! c'que nous avons ri!...

C'tait rosse, n'dis pas non, mais c'tait juste, puis-
qu'y n'pouvait pas souffrir cette sale denrée.

Eh bien! il a b.... changé sur les derniers temps,
c'pauvre Bernard — pas l'lieut'nant, son père; —
une fois marié, s'crongnieugnieu! c'tait bien une
aut'e paire de manches.

Sa femme, une grande n... de D... d'brune qui
vous avait un œil de ch'val, — une femme superbe:
à la ville et d'profil, on aurait cru qu'elle avait la
grosse caisse su'l'ventre n... de D..! — sa femme,
dis-je, l'avait changé comme pas d'comparable!

Faut vous dire que la personne avait été élevée
r'ligieus'ment, elle disait même que c'était sur les
g'noux d'l'église. Ça c'tait une f... blague, car j'ai
vu bien des églises, et j'vous f... mor. billet, qu'je
n'leur ai jamais vu d'genoux. Bref elle lui avait tant
raconté d'foutaises et d'rocamboles, s'inondant
d'motifs que voir son mari faire gras la s'maine
sainte ça lui tournait su'l'coccis, que c'pauvre b...
avait fini comme tout un chacun, par s'f... de la
morue par le bec.

F'sait une gueule, comprenez c't'homme, s'ment
c'tait pour que sa n... de D... d'femme lui f... la
paix, mais comme y n'pouvait c'pendant pas s'priver d'tout pour lui plaire, s'rattrapait sur l'absin-
the, c'qu'était f... bien naturel.

D'son côté, sa femme — ah! quô rosse que c'té

n... de D...-là ! — voyant qu'elle était arrivée à lui faire incorporer de c'sale poisson d'mon sac, n'se f...-elle pas dans l'trognon d'l'emmener à la messe..! Pour le coup, v'là mon Bernard — pas l'lieut'nant, son père — qui fait une vie du tonnerre de Dieu, qui gueule comme une tourte qui s'f... d'toute la boutique et autres, dont sa femme lui préconise que, puisque c'est comme ça, il pourra s'fouiller pour le... d'la chose du... comprenez. Bernard dit j'm'en f.., mais l'aut'e poison lui tient si bien parole, que pour à seule fin de... vous y êtes ? Bernard dut se résigner à la chose de messe, cérémonie et autres foutaises.

Un dimanche j'vois arriver Bernard qui f'sait un œil de couenne, et qui m'dit : N... de D... c'dégoûtant, c'matin j'croyais qu'on allait m'f... à la porte de l'église, pas du tout, s'crongnieugnieu ! j'ai raté mon affaire.

— C'qui s'est donc passé ?

— Mon vieux, v'là la... la chose. C'matin, ma femme m'emmène à la messe, ça m'embêtait, j'dis après tout j'm'en f.., j'te vas lui arranger une p'tite affaire qui n's'ra pas piquée des hirondelles.

Nous partons, on arrive, je m'place, et à un moment très chouette de la cérémonie, j'f... un pet, mon vieux.... qu'un moulin à vent en aurait pris l'mors aux dents p'role d'honneur.

Une bonne femme derrière moi s'f... à crier ; Cochon !

Tu comprends, n'disais rien, j'tais raide comme la justice, mais un p'tit jeune homme qu'était près d'moi s'f... à rire comme une tourte, et l'suisse qui

n'connaissait rien du fourbi, empoigne le p'tit monsieur et l'f... dehors. Epaulettes, mon sabre, tu comprends n'avait rien osé m'dire, j'ai raté mon affaire.

Etait désolé c'garçon ! Enfin avait fini par se faire à la messe, mais vous savez c'que c'est qu'les femmes, si on leur cède long comme l'ongle, elles vous en d'mandent ensuite long comme le bras, si bien qu'un jour elle persuade à Bernard qui d'vrait communier, qu'ça lui f'rait normément d'bien pour son commenc'ment d'gravelle.

N... de D..! ça d'venait raide, mais quand on a commencé à plier, pas à tortiller, on y va tout du long. Bernard résiste, mais enfin il dit un jour à sa femme : Ecoute, j'm'en f... s'ment promets-moi de n'plus m'engueuler quand j'rentrerai pochard.

On arrange la chose comme ci-d'sus, et Bernard

— pas l'lieut'nant, son père — promet d'communier à Pâques.

Communier, c'tait pas diff'cile, mais c'qui était embêtant, c'était la n... de D... d'confession.

Quand Bernard me transvase la chose, j'lui dis : Dame ! mon vieux, tu com-prends, c'pas mon affaire, s'ment à ta place j'irais trou-ver l'curé, et j'lui f... çui-ci dans l'acoustique : J'suis une rosse, un j...-f... je m'f... d'tout, je m'f... d'vous et d'toute la boutique, mais comme j'veux communier en état d'grâce, j'm'en r'pentirai jusqu'à dimanche après la messe. C'est simple mais martial, et m'semble que  c'curé s'ra très content, n'peut pas d'mander mieux qu'ça j'soupçonne !

Parait qu'c'était pas suffisant, car Bernard ayant dit la chose à un curé, l'aut'e chien l'envoie faire f..., lui dit qui s'f... du monde cetera, si bien qu'il dut en voir un autre et modifier l'système. Enfin on lui f... sa permission pour le lend'main s'ment on lui rentasse qui n'faut pas manger avant le... l'machin.

S'crongnieugnieu ! m'dit-il, c't'embêtant ! j'vas crever d'faim, j'ai l'habitude de déjeuner l'matin, et j'suis f... de n'plus y penser. — Eh bien ! j'lui dis, viens m'trouver ; viens d'bonne heure, nous f'rons un tour en attendant et tu r'mont'ras prendre ta femme.

L'jour de Pâques il m'arrive à sept heures, nous fumons une pipe et nous sortons. Mais tout ça n'lui remplissait pas l'anatomie, et y gueulait tout l'temps : N... de D... de n... de D... ! c'comme un fait exprès, j'n'ai jamais eu si faim qu'aujourd'hui !

Comme on ne lui avait pas défendu d'boire, nous entrons au café prendre le madère. Sapristi ! m'dit-il, ça n'nourrit pas, mais ça remplit tout d'même un peu, ça soutient. Et pour se sout'nir, v'là mon Bernard qui finit la bouteille !

Tout en causant, l'heure avançait, et il fut bientôt temps d'aller prendre sa femme. Comme j'n'avais rien à f... j'dis j'vais aller avec eux, je l'verrai communier : nous voilà partis.

À l'église, Bernard se t'nait pas trop mal malgré sa bouteille, et comme il avait l'œil, au moment d'la... d'la chose, il suit les pékins et il tend l'bec, mais quand l'curé arrive à lui, c't'animal-là lui f... un... un gaz... important par le nez.

— Vous n'avez pas mangé ? lui d'mande tout bas l'curé.

— Non, répond Bernard, s'ment si l'bon Dieu n'sait pas nager, c'est un homme f... !

Pour lors le curé passa à un autre paroissien, et il laissa Bernard tendre le bec sans rien lui f... dedans.

N'a jamais communié d'puis.

ÉCHO DE LA CHAMBRÉE

ᴇ fusilier Loupin fait le désespoir de son caporal à cause de sa mauvaise tenue; au cours d'une inspection, le colonel Ramollot s'arrête devant lui :

— S'crongnieugnieu ! mon garçon, signifie c'te f... manière de soigner les effets du gour'nement ! N... de D...! j'suis l'père du régiment, mais comprenez qu'je n'puis faire autrement que d'vous f... dedans...

Et, plein de mansuétude :

Les effets, ça n's'rait encore rien, on les brosse, mais vous d'veriez vous débarbouiller, car enfin r'marquez bien qu'si vous continuez, v's'aurez la figure toute noire, et pour lors vous parl'rez nègre, espèce de m'lon !

PETITE CORRESPONDANCE

Mᴀᴅᴍᴏᴢᴇ̀ʟᴇ Lᴜᴄɪᴛ. — Què vola lè printemps qu'il s'en devient; què c'est lè moman où qu'on entend la fleure qui s'écrit : y faut què je pouceret, et què c'est lè moman aussi où què lè queurre dè l'omme y sè dit : y faut què j'aimeret. Lè mien dè queurre, y mè dit dè tout ça, dè quand què je mange la soupe, dè quand què jè dors, dè quand què jè dors pas, y mè le dit toujours. Et commè la fleure qui serche lè regard flatteur et harmonieux du papilion, mon queurre y serche toujours des yeux lè rèmarquable què vous êtes, pour sè prosterner d'amour aux pieds des beaux nénais... que vous êtes. Imbibez-moi dè réciproque, madèmozèle Lucit; nè serchez pas aute part car j'ai des calité, au lieurre qui y en a tant què c'est des j...-f...!

Le Gérant : Gᴇɴᴀʏ

Pᴀʀɪs. — Iᴍᴘʀɪᴍᴇʀɪᴇ Cʜᴀʀʟᴇs Bʟᴏᴛ, ʀᴜᴇ Bʟᴇᴜᴇ, 7.

HISTOIRES
DU
COLONEL RAMOLLOT

LA PREUVE

La scène se passe à Notre-Dame de Fourvières ;
il fait un temps superbe et beaucoup de curieux et
de personnes pieuses en ont profité pour aller visiter la chapelle. En sortant du petit édifice, la plu-
part d'entre eux se sont arrêtés au restaurant voisin pour déjeuner et pour contempler en même
temps le merveilleux panorama qu'on découvre de
tous les côtés.

Dans le nombre des curieux se trouve le colonel
Ramollot qui fait un voyage d'agrément, accompa-
gné de son fidèle Lorgnegrut :

— S'crongnieugnieu ! cap'taine, direz c'que vous

voudrez, mais ça creuse cette n,... de D... d'ascension; si nous déjeunions, c'que vous en dites ?

— Mais très volontiers, mon colonel.

Et nos deux militaires s'installent auprès d'un ménage d'aspect assez ridicule ; le mari, un petit vieux sec, se donne des airs importants, il a le nez de travers, et des yeux de lapin ; mais ce qui le rend joli, c'est une bouche en forme de tête de poisson et un ensemble absolument désagréable.

Madame porte un tour de cheveux chocolat sur la tête, engouffré dans un chapeau invraisemblable, une espèce de cabriolet ; elle a l'air bête, mais pas méchant. Par une bizarrerie regrettable de la nature, elle est plate comme une punaise, très maigre d'en haut, mais elle a le derrière large comme une commode — une grande commode.

Plus loin, de jeunes couples ; de ci, de là, quelques têtes fines et charmantes, des rires argentins de jeunes femmes en toilettes fraîches. Ces dernières attirent tout naturellement les regards du colonel Ramollot, et à leur sujet, il échange avec Lorgnegrut qui sourit quelques paroles à voix basse.

L'homme aux yeux de lapin s'imagine qu'on se moque de lui, mais comme il n'est sûr de rien, il se contente de faire une mine affreuse.

— Qu'est-ce que tu as donc, Hector ? lui demande sa femme inquiète.

— S'moi donc tranquille !

— Si tu r'mettais ton chapeau, j'crains qu'tu aies froid, mon mimi.

— Mais n,... de D...! f...-moi donc la paix !

La dame plate habituée sans doute à ne pas discuter, se le tient pour dit, mais le colonel Ramollot, dont l'attention se trouve éveillée par le bruit

de la discussion, jette un œil sur le ménage, puis
se retourne et continue à parler bas au capitaine
qui rit de plus belle.

Cette fois plus de doute, Hector est persuadé

qu'on le tourne en ridicule, et il
commence à gesticuler tout en
bougonnant.

Le colonel ne s'aperçoit pas
tout d'abord de la mauvaise humeur de son voisin, il continue
son petit manège, et Lorgnegrut
continue à rire.

Hector exaspéré ne peut plus
se contenir.

— N... de D... ! je n'croyais f..., pas rencontrer
dans un lieu pareil des gens aussi mal élevés...!

— Mon ami, je ne te conçois pas, après qui en as-
tu donc ?

— Comment, madame Moulapet, tu ne vois pas
qu'on se f... d'nous ?

— Oh ! oh ! Hector... ne t'emporte pas comme ça,
tu vas avoir encore des renvois.

— J'en aurai si j'veux, ça me r'garde je suppose !

Le colonel était bien tranquille et ne soupçonnait
seulement pas qu'on par-
lait de lui, mais Hector qui
roulait des yeux furieux eut
un tel moment de rage qu'il
agrippa la nappe dans
un mouvement de colère,
et par suite, l'assiette du
colonel se trouva transportée au diable.

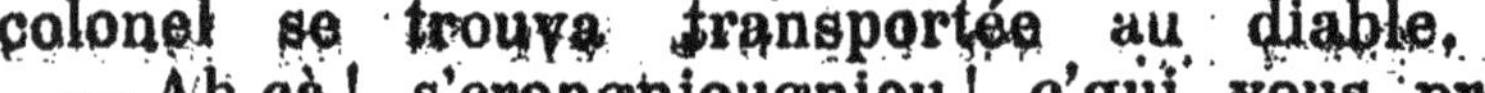

— Ah çà ! s'crongnieugnieu ! c'qui vous prend
donc espèce de tourte ?

Les deux hommes se regardaient en face avec des yeux sauvages.

— M'prend c'que j'veux m'sieu !

L'orage était déchaîné, et il était à craindre qu'en guise de foudre, la large main du colonel ne s'abattît sur l'espèce de figure d'Hector, mais les jeunes femmes avaient toutes levé le nez, et devant elles, il n'osait donner cours à son envie.

Lorgnegrut, bien fixé sur le caractère de son supérieur, se taisait prudemment, madame Moulapet — la conciliation même — s'était levée pour, maintenir Hector raide sur ses ergots, mais les deux hommes continuaient à s'invectiver. S'pèce de tourte ! œil de m'lon ! s'crongnieugnieu ! telles étaient les injures de Ramollot, auxquelles Hector répliquait par : malotru, scélérat et autres gentillesses.

Enfin, pour couper court à tout, le colonel frémissant de colère, mais voulant toujours se contenir, se rassit sur sa chaise en criant :

— T'nez, f...-moi donc la paix b... de cocu !

— Cocu !... cocu !... beuglait Hector les bras croisés, qui ça moi, cocu ?

— Parbleu ! répond le colonel qui ne voulait pas en avoir le démenti, avec ça qu'tout l'monde ne sait pas qu'vot'e femme a un s'rin tatoué sur la fesse.

— Oh ! n... de D... !

Et le p'tit homme empoignant sa femme, qui avait l'air posée là comme par un divin décret de la Providence, il lui retroussa lestement les jupes malgré ses protestations. Tenez, dit-il en montrant le derrière de la dame à toute la société, voyez-vous un s'rin ? voyez-vous un s'rin? j'suis t'y cocu ?

Malgré sa colère récente, le colonel Ramollot absolument vaincu, ne put s'empêcher d'éclater de son plus large rire, il en suffoquait, et la société tout entière, sans avoir attendu son exemple, se tordait et se contorsionnait au nez du petit vieux sec qui n'y comprenait rien...

— Enfin, mesdames et messieurs, hurlait-il en se démanchant pour maintenir à l'air le... la commode de madame son épouse, qui se démenait comme le diable, voyez-vous un serin ? non, mais soyez de bonne foi, voyez-vous un serin ? voilà pourtant une preuve n... de D...! quand vous rirez comme des bêtes !

— Oui! oui! lui répondirent de toutes parts les témoins qui poussaient des cris à force de rire.

Par pudeur, les jeunes femmes avaient retourné la tête, mais elles éclataient et demandaient grâce: Assez! assez! criaient-elles en se tenant les côtes et en perdant l'équilibre.

Hector seul était resté sérieux et furieux de sentir que sa femme voulait se dérober, sans souci de faire constater l'infamie de son déplorable accusateur.

Voyant enfin qu'il n'en sortirait pas avec les honneurs de la guerre, l'homme aux yeux de lapin, complètement effaré, finit par lâcher sa femme qui ne savait plus où se fourrer.

— C'est inconcevable, disait Hector, à quel point peut aller la mauvaise foi ! Empoignant alors rageusement le bras de madame, il sortit avec elle, mais pour se venger, il étendit le poing en s'écriant : Tenez ! vous n'êtes tous que des j...-f...!

Et à la porte, on l'entendit encore qui disait à sa femme : Eh bien ! tu m'y reprendras encore toi, à faire un pèlerinage à Notre-Dame de Fourvières : tu m'avais dit que c'était si gentil, espèce d'imbécille !

LE REVENANT

Sur le quai de la Bourse, à Rouen : le colonel Ramollot se promène tranquillement, jetant de ci, de là, un regard indifférent sur les grands navires à l'ancre, quand au milieu de l'incessant va-et-vient des voitures qui circulent en tous sens, il aperçoit le lieutenant Bernard qui semble tout préoccupé d'éviter une famille qui descend du tramway de Maromme.

— C'qu'il a à f... le camp comme de même, s'crongnieugnieu! c'pas clair, n... dé D...! c'pas clair! signifie?

Et sans aucun souci des ennuis qu'il peut causer à Bernard, le colonel se met immédiatement à crier :

— Bernard!... lieut'nant!... s'crongnieugnieu!... lieut'nant, coutez donc un estant, s'ous plaît!

— Mon colonel, je... parfaitement, vous...

— C'est c'que j'voulais dire, n... de D...! je... n'importe. Du reste, c'pas tout ça : m'dires-vous enfin', s'crongnieugnieu, c'que vous aviez d'l'à

l'heure à vous asperger d'dissimulation vraisem-
blable, comme lequel d'un j...-f... qui craint la police ?

— Mais, mon colonel, je...

— C'pas une raison, m'sieu ! v's'entendez bien
c'que j'vous parle !... N'suis pas fait d'hier, n... de
D...! n'suis pas un p'tit enfant, pour que vous ayiez
à l'savoir : j'vous connais, s'crongnieugnieu ! tout
ça c'est d'la blague, l'salut m'litaire pour vous c'est
mon sac, et vous précautionnez soi-disant d'pékins,
pour à seule fin d'vous gargariser d'prétexte à m'f...
le camp d'vant l'nez sans la chose du respect
comme lequel j'suis susceptible.

— Oh! mon colonel, je vous...

— J'vous dis qu'si, s'crongnieugnieu ! L'colonel,
j'm'en f...! 'v'là vot'e... tout ça; et vous trouvez
qu'c'est du propre?

— Je regrette bien vivement, mon colonel, la...

— Et moi aussi, n... de D...! j'suis l'père du régiment, et j'n'aime pas faire d'observations, tout un
chacun vous l'dira. Quant à vous, lieut'nant, vous
l'savez, j'vous estime; vous êtes une rosse c't'évident, mais vous embêtez l'pékin et j'aime ça, n... de
D...! s'ment j'n'aime pas qu'on s'gondole d'hilarité
à mon détritus.

— Mon colonel, je vous assure que je ne vous
voyais pas, et que je voulais simplement éviter de
me trouver en face de personnes auxquelles...

— V's'avez fait une cochonn'rie, hein?

— Pas positivement, mais...

— Une salop'rie pour lors. Eh bien, s'crongnieugnieu ! contez-moi ça.

— Je ne demande pas mieux, mon colonel, seulement l'histoire est peut-être un peu longue, et je
craindrais...

— Voyez-vous un s'rin ? J'suis t'y cocu ?

(Page 21).

— Qu'ça f... n... de D...! Du reste c'est bien simple : il est six heures, montons au café d'la Bourse,
et là, au premier, tout en dinant, vous m'procurez
le... la... d'la chose, hein !

— Oh! mon colonel, je...

— C'que ça peut vous f..., on n'vous attend pas ?
Eh bien pour lors, montons.

Plusieurs officiers en bourgeois dinent au fond
de la salle,
échangeant des
plaisanteries sa-
lées avec la jeu-
ne Alice, qui leur
tient tête sans le
moindre embar-
ras, mais la vue
du colonel ar-
rête net les con-
versations et les
rires; c'est au mi-
lieu d'un silence

presque religieux que Bernard commence son récit.

— Vous vous souvenez, mon colonel, du lieutenant Jublin, ce jeune officier qui avait été envoyé
chez nous pour remplacer Ladoucette.

— Fait'ment, r'venait d'Afrique, pas vrai ?

— Effectivement, mon colonel. Il venait de passer
lieutenant tout nouvellement, et il était d'autant plus
heureux de venir à Rouen, que sa fiancée y demeu-
rait avec sa famille. Je l'avais rencontré dans le
train par hasard, au retour d'une permission de
quarante-huit heures. et nous avions immédiatement
fait connaissance. Nous arrivons; je le conduis dans
l'hôtel où j'habite pour lui procurer une chambre,
et vous savez... ce qui s'est passé.

— Oui, fait'ment... nettoyé, pas vrai ?

— Nettoyé !.. J'étais là, il me causait de sa future, de son mariage prochain, des lettres échangées depuis quatre ans, on l'attendait le lendemain à dîner, bref, il était heureux. Seul, sans famille, il allait en retrouver une, etc., quand tout à coup il chancelle, je le reçois dans mes bras, je le mets sur son lit, on appelle un médecin, mais... c'était fini : un anévrisme !

— Si bien que j'n'ai jamais pu l'f.... dedans, c't'animal-là ; et pour lors ?

— Mais, dame ! j'étais très embarrassé ! Je viens d'abord vous avertir, et le lendemain, pensant à cette famille qui l'attendait à dîner, je voulais prévenir ces gens ; ça m'ennuyait de leur écrire, enfin, après m'être bien creusé la cervelle, je prends mon courage à deux mains, et je me rends à leur domicile, rue Grand-Pont, pour leur annoncer la fatale nouvelle.

On ne me donne pas le temps d'entrer, et dans l'antichambre, la mère, une grosse femme, me dit : Nous vous guettions par la fenêtre ; allons, vilain, embrassez-moi.

J'allais m'excuser dans l'ombre, quand une jeune fille m'arrive dans les jambes en disant : Maman, tu veux bien ?

Et sans attendre de réponse, voilà la petite qui me tend sa joue.

Je n'y voyais pas très clair, mais la voix était jeune, la peau douce, la fillette sentait bon, je l'embrasse, je l'embrasse ferme, j'embrasse aussi la bonne femme qui criait : C'est lui, c'est Ernest.

Impossible de me dépêtrer de cette famille qui s'augmente bientôt du père, qui m'arrache à moitié le bras à force de poignées de mains, enfin on passe au salon. La jeune fille, qui ne voulait pas me lâcher, me tenait par la main, et je trouve là huit ou dix personnes invitées pour la circonstance.

Nous trouvant alors en plein jour, on commence à me regarder avec un drôle d'air, on ne me reconnaissait plus aussi bien que dans le noir, seulement comme j'étais en lieutenant, que je venais à l'heure du dîner, qu'on attendait l'autre sous le même uniforme et à la même heure, on était indécis.

— Ah çà! s'crongnieugnieu! y s'avaient donc tous mal aux yeux dans cette n... de D... d'famille? qué tourtes!

— Voyant tout ce monde en fête, les femmes en toilette, des parents si heureux, une fille si contente, je ne me sentais pas le courage de détruire toutes ces joies, et de porter moi-même le deuil dans une réunion pareille; alors je pris le taureau par les cornes...

— Qui ça l'taureau, l'père?

— Non, mon colonel, je veux dire que je risquai le tout pour le tout. Grâce aux renseignements que je tenais de Jublin, — et il n'en avait pas été avare, — je me payai de toupet : Je suis sûr, dis-je, que vous ne me reconnaissez pas. Ah! c'est que quatre ans d'Afrique, ça vous change un homme! ce n'est pas comme vous, ma chère Lucie, vous avez changé, sans doute, mais c'est tout à votre avantage, permettez-moi de le constater. Votre excellente mère aussi a bien changé; c'était une mère, jadis, aujourd'hui c'est presque votre sœur.

— Des foutaises, quoi.

— Naturellement, mais on gobait ça comme du lait. Que dites-vous du blondin d'autrefois?

Oui, en effet, dit le père, vous avez les cheveux joliment noirs!...

Le climat, le climat, et voilà le soleil d'Afrique! Du reste, vous le savez, dans ce pays-là, il y a énormément de nègres à cause du soleil, et il n'y en a que très peu de blonds.

Les doutes commençaient à diminuer, et on ne demandait du reste qu'à les faire complètement disparaitre; j'y aidais de mon mieux en parlant de tout ce que je savais par Jublin, et quand la confiance fut tout à fait revenue, la gaité reprit son cours, et nous passâmes à table.

J'étais entre la mère et la fille, causant respectueusement à la vieille, amoureusement à la jeune, gravement au papa, mais ce qui me facilita mon rôle, c'est que l'oncle Duplastron me demanda des détails sur l'Afrique. Alors je lui fis des histoires de chasse au lion, de nuits passées à l'affût, de reconnaissances dans les montagnes et de séjour sur les plateaux de la haute Kabylie; je ne tarissais pas, et bref, à minuit, on était encore à table, à m'écouter bouche béante, et de plus en plus persuadés que j'étais le lieutenant Jublin.

Durant le dîner, on m'avait tant de fois fait faire le trou normand, que, vous l'avouerai-je, mon colonel, je commençais à perdre légèrement la notion exacte de ma situation; aussi, entendant sonner l'heure, je me lève, je veux partir, on me soutient qu'il n'était pas tard, et que j'avais bien le temps. Malgré l'insistance de la famille, comme j'avais peur de finir par dire des bêtises, j'insiste de mon côté pour me retirer. Allons donc! me dit le papa,

en voilà une bonne plaisanterie, tout d'suite ! mais
no va vous donner une chambre pardi, n'z'en avons
d'pu qui n'vous en faut à c't'heure. Espérez un brin,
no va dire à Constance d'vous préparer un lit.

C'était très aimable, sans doute, mais craignant
qu'on ne découvre le pot aux roses, j'affirme qu'il m'est
impossible de rester, qu'il faut absolument que je
rentre chez moi, que j'ai des raisons majeures.

Mais què qu'vo avez tant qu'ça tout d'suite ? me
demande la maman d'un air fâché de mon refus.

Alors ne sachant trop que dire, la cervelle à moitié dérangée par les verres réitérés de calvados,
j'ai... j'ai, dis-je d'un air fou, qu'il faut que je rentre,
car on... on m'attend pour m'enterrer.

Voilà tout le monde qui se tord de rire, s'imagi-
nant que je trouvais cette réponse bizarre pour cacher un motif secret, mais en attendant, pendant
que chacun riait, moi je gagnais adroitement la
porte.

Mais écoutez donc un brin tout d'suite, me crie
le père, vous n'nous avez s'ment
pas dit où vous d'meuriez. Je donne
mon adresse, et je file après avoir
réembrassé la mère et la fille, pendant que le père m'annonçait qu'il
viendrait me prendre le lendemain
vers onze heures, pour m'emmener
déjeuner à sa maison de campagne
de Bois-Guillaume.

J'arrive raide comme balle à mon hôtel, et le
lendemain, comme vous le pensez, mon colonel, je
déménage à la première heure.

— Oui, je... j'comprends bien p't'êt'e s'crongnieugnieu ! n'suis pas une tourte, mais... et c'te sale
famille ?

— La famille ?... ma foi, je ne l'ai naturellement pas attendue, mais j'ai tout de même su ce qui s'était passé. A onze heures, le bonhomme arrive en voiture avec sa femme et sa fille, il demande le lieutenant Jublin.

Monsieur Jublin ? répond le concierge, c'est ici ; si vous voulez attendre un instant, il va descendre.

Ces braves gens se promènent un moment en flânant, mais ne voyant pas plus de Jublin que sur la main, le père revient demander après le lieutenant. Alors avec cette bonhomie normande toute spéciale, le portier lui dit : Mais y vient d'descendre, t'nez, le v'là là-bas qui va s'faire enterrer.

Vous comprenez, mon colonel, que m'ayant pris pour l'autre dont ils ont vu le convoi, j'évite de me trouver maintenant en face de ces gens qui me prendraient pour un mauvais farceur, ou pour un revenant, ce qui pourrait leur causer une révolution.

— Ça, lieut'nant, c't'une sale blague, j'vous l'transpose moi, v's'entendez bien c'que j'vous parle.

— En effet, seulement j'étais si...

— Oh ! du reste j'm'en f..., car dans l'fond c'est moral, très moral, n... de D...

— Très mo... moral, je ne... Comment ça, mon colonel?

— S'crongnieugnieu ! n'fréquentez pas d'saisiss'-ment ! Lieut'nant, j'suis vraiment surprenant d'la... d'la chose. Mais n... de D...! ça prouve à ces tourtes-là qu'les off'ciers sont d'parole.

— Mais enfin, mon colonel, s'ils me reconnais-saient?

— Eh bien ! c'que ça f... n... de D...? Vous leur direz qu'vous avez permuté; c'que ça n'se fait pas tous les jours dans l'armée, v'là t'y pas une affaire, vout'y pas s'mêler des choses m'litaires maint'nant ! R'çon! l'addition, n... de D...!

Le Gérant : GENAY.

PARIS. — IMPRIMERIE CHARLES BLOT, RUE BLEUE, 7.

HISTOIRES
DU
COLONEL RAMOLLOT

SUZANNE

Boulevard de la Madeleine près le marché aux fleurs, trois heures de l'après-midi. Le colonel Ramollot se promène doucement avec le capitaine Lorgnegrut, qui n'a pas l'air de s'amuser. Les deux hommes marchent en silence, Ramollot le nez au vent, Lorgnegrut rêveur, très absorbé, paraissant ne rien voir.

Le colonel prend tout d'un coup des airs vainqueurs et se redresse comme un soldat à la parade, en distinguant dans la foule des promeneurs une jeune femme qui s'avance à quelques pas.

Charmante cette jeune femme : sous son coquet chapeau de feutre garni de plumes et malgré son voile tout mignon, Ramollot distingue deux beaux yeux vifs et gais, un petit nez rose, et une bouche ravissante. Le corps ferme, souple, d'agréable tournure et d'embonpoint satisfaisant, est enveloppé d'un élégant manteau de bon goût, garni de fourrure, et les mains, qu'on devine petites, sont frileusement enfoncées dans un manchon de création nouvelle.

Malgré son air éveillé et totalement dépourvu d'embarras, on sent dans cette jeune femme qui s'avance d'un pas rapide, un gros bouquet de violettes dans le bras, une femme de bon ton.

Ramollot ne la quitte pas de l'œil, mais elle semble ne pas le voir, ne regardant avec un léger sourire que Lorgnegrut, qui, lui, ne l'aperçoit qu'au moment où tous deux vont se croiser.

Brusquement tiré de sa rêverie, tout surpris, il s'empresse de saluer profondément la jeune femme qui lui répond par un salut discret et qui poursuit sa route.

— S'crongnieugnieu ! cap'taine, cachott'ries c'qui parait ! Faut vraiment la circonstance de... qui-ci, pour connaître la... chose dont vous êtes susceptible.

— Je... mon colonel, je... je ne comprends pas.

— Çà, voyons, n... de D...! m'prenez donc pour une tourte ! n'allez pas m'imbiber qu'vous v'nez d'saluer un fiacre et qu'la... personne a dit bonjour à l'omnibus...

— Ah ! cette dame que...

— Parbleu s'crongnieugnieu ! c'pas mon sac !

— Mais... mon colonel, je connais cette personne, en effet, mais...

— J'comprends, cap'taine, j'comprends, discrétion, c't'évident. S'ment avec moi, j'trouve ça dégoûtant, tendez bien c'que j'vous parle.

— Je n'ai pourtant pas de motifs...

— A plus forte raison, m'sieu ! puisque vous vous

en f... pourquoi n'pas m'dire : Colonel, je vais vous présenter; mais non, préférez vous torcher l'bec tout seul d'agréments et plaisirs.C'est tout naturel, n'vous en veux pas, j'en f'rais autant à vot'e place, s'ment n'vous l'moisis pas, j'trouve ça cochon.

— Mais permettez, mon colonel, vous vous méprenez...

— Suis une tourte pour lors?

— Ah! mon colonel, je n'ai jamais eu l'intention...

— Alors, j'suis un imbécile, n'sais pas c'que j'dis d'après c'que vous parlez!

— Pardon, mon colonel, vous savez fort bien...

— Pour lors j'ai raison, n... de D...! c'est vot'e maîtresse.

— Je le voudrais, mon colonel, je ne vous le cache pas, mais je n'ai jamais été que son complice et jamais son amant.

— C'que vous m'f... là, cap'taine, c't'une voleuse cette dame?

— Ce n'est pas...

— Et vous avez fréquenté d'la chose, vous, n... de D...! un m'litaire!...

— Non. C'est une femme charmante et fort honnête.

— Pour lors, s'pliquez-vous donc, cap'taine; si vous n'dites que des estupidités, comment voulez-vous que j'vous comprenne?

— Eh bien, mon colonel, j'ai été son complice à propos de mariage.

— J'en étais sûr, s'crongnieugnieu! s'ment vous n'savez jamais c'que vous dites, pour lors ça... ça m'f... d'dans. Et comment ça donc, n... de D...! qu'est-ce que c'est encore que cette sale histoire?

— La voici, mon colonel, elle remonte à deux ans.

Je revenais un soir fort tard — ou plutôt de très bonne heure le matin, les rues étaient désertes, quand j'entends crier : Au secours ! Je me précipite du côté où venaient les cris...

— Parbleu ! j'pense bien qu'vous n'alliez pas à r'brousse-poil !

— ..... Et j'arrive auprès d'un bonhomme qui venait de recevoir un coup de poing sur la tête, et qui ne pouvait plus se tenir.

— Sa tête ?...

— Non, le bonhomme. Près de lui se trouvait une jeune fille qui se désolait et qui ne savait que faire.

Je redresse le papa, je rassure la fille, et je les reconduis presque chez eux. C'était justement à deux pas de chez moi. Je ne pensais plus à cette aventure, quand à quelques jours de là je rencontre le bonhomme ; nous nous reconnaissons, il m'appelle son sauveur, et quoique je m'en défende, il m'oblige à monter chez lui, car, me dit-il, sa fille serait désolée de manquer l'occasion de me remercier.

Permettez-moi, dis-je à mon tour, d'accepter votre invitation, mais à condition de me laisser au moins l'avantage de ne me présenter que dans le but de prendre des nouvelles de votre charmante fille et de savoir si elle est remise de la peur qu'elle a eue.

— C'tait roublard ça, cap'taine.

— Nous causons quelques instants et au cours de la conversation, le papa m'apprend qu'ils sont en ce moment en soirées, en bals, que sa fille va se marier, et que c'est en revenant d'une petite fête de famille qu'il a reçu son atout ; que le fiancé est

charmant, un garçon très bien. Là-dessus la petite
ne fait ni une ni deux, et malgré les affirmations
contraires du papa, elle me déclare
que le jeune homme n'est qu'une
caricature...

— Et un j...-f...?

— Elle ne m'a pas dit j...-f...,
mais enfin je voyais qu'il ne lui
plaisait pas du tout. Le bonhomme
avait l'air assez vexé. Tenez, me
dit-il, vous en jugerez vous-même;
nous avons une petite réunion d'amis
jeudi soir, venez, et vous m'en
direz des nouvelles.

Le jeudi suivant j'arrive. La sœur du bonhomme
remplissait l'office de maîtresse de maison, et pendant qu'elle et sa nièce recevaient les invités, le
papa me tire dans un coin.

— Ma fille n'est pas folle de ce garçon, me dit-
il, mais il a de la fortune, c'est
un parti excellent, et je vous
avoue que je voudrais voir faire
ce mariage. Si Suzanne vous en
parle, je compte sur vous, dites
que ce jeune homme est fort bien,
vous m'obligerez infiniment.

Quelques instants après, Suzanne — la fille du bonhomme
— vient me trouver dans un coin
et me tend ses deux petites
mains comme à un vieil ami: —
Oh! capitaine, comme vous êtes
gentil d'être venu, je vais vous
faire voir mon singe.

Elle avait une allure si franche, si nette, une telle

crânerie qui accusait une nature franche et loyale que je me sentis tout de suite disposé à....

— N'm'étonne pas, v's'avez toujours eu...

— Non, oh! pas ça; je veux dire que je fus de suite son ami, tout disposé à lui rendre service.

— Oui, j'comprends, vous vous f... du vieux.

— Dame!... à peu près. Mon père veut que j'épouse ce monsieur, me dit Suzanne, mais moi je ne l'aime pas du tout, j'aime mieux mon cousin Paul, mais papa ne veut pas en entendre parler.

— Pourquoi donc?

— Parce que ma tante lui a fourré ce mariage en tête, et comme elle est ici, qu'elle remplace maman, on n'écoute qu'elle...

— Enfin la demande est-elle faite?

— Non, ma tante a dit qu'on la laisse faire, qu'elle répondait de tout.

— Et le... cousin Paul?

— Il n'ose rien dire à papa, il n'a encore rien dit qu'à moi.

— Et vous l'aimez bien ?

— Oh! oui !

— Sera-t-il là ce soir?

— Tenez, il est là-bas; attendez, je vais vous le présenter.

Ce Paul était un fort gentil garçon, fort aimable, mais un peu timide. Le mariage projeté le déroutait, car moins fortuné que le fiancé, il savait que son oncle serait hostile à ses projets, et la tante encore bien davantage.

Il attendait tout des événements, mais il ne voulait pas se prononcer de peur de se faire fermer la porte, et d'être ainsi privé de voir Suzanne qu'il adorait.

Venez demain soir me voir, lui dis-je, nous arrangerons l'affaire.

Pendant ce temps, le singe, comme l'appelait Suzanne, faisait le joli cœur sous l'œil stupide de la tante, il attrapait les mains de la jeune fille, lui causait tout bas, et prenait enfin mille privautés auxquelles Suzanne se dérobait pourtant de son mieux.

Ce garçon est charmant, dis-je au père, vers la fin de la soirée, et en faisant un signe à la petite, j'ajoutai: Je ne vois vraiment pas ce que vous lui reprochez, il n'est pas joli, joli, mais il est du moins très galant. Puis prenant le père à part: Peut-être trop galant même, car s'il n'y a encore rien d'officiel, il est certes très compromettant pour mademoiselle votre fille, et vos encouragements pourraient le rendre dangereux si c'était un... farceur.

Cela m'étonnerait fort, répondit le bonhomme d'un air pourtant soucieux.

Le lendemain, Paul était exact au rendez-vous.

Jeune homme lui dis-je, il n'y a pas un moment à perdre; Suzanne vous aime et vous l'aimez aussi : il faut empêcher le mariage de l'autre. Votre cousine résistera, mais un beau jour elle cédera. Si vous demandez sa main, on vous la refusera en ce moment. Votre adversaire a tous les atouts dans son jeu, il s'agit de faire habilement sauter la coupe. Votre cousine me plaît, vous aussi, il faut arranger cette affaire-là discrètement à nous trois.

Quel jour ce pierrot va-t-il venir chez votre oncle?

— Lundi.

— Bien; que Suzanne le retienne tard, très tard;

sous n'importe quel prétexte, qu'il reste le dernier. Serez-vous là?

— Oui.

— Moi aussi; je vous préviens que nous jouons notre va-tout. Quand je partirai, j'emmènerai votre oncle, ne vous en apercevez pas. Quelques instants après, vous filerez. Etes-vous solide?

— Oui.

— Vous ne craignez pas les coups?

— Non.

— Au besoin je vous prêterai mon brosseur. De quel côté filera le fiancé?

— A droite.

— Bien; vous le guetterez à cent mètres environ, et quand il passera, vous lui demanderez s'il compte

épouser Suzanne. Il dira oui, c'est évident; alors vous l'avan...agerez d'une volée de coups de trique pour l'obliger à filer à gauche, et vous ne le poursuivrez pas.

Je lui tombe dessus, le père furieux tapait comme un sourd.
(Page 42).

— Et puis?

— C'est tout.

Le lundi suivant je m'attache au bonhomme, je lui signale les libertés que le singe prend avec Suzanne, et mystérieusement je lui dis: Tenez, venez avec moi, et nous allons voir qui de nous a raison, à savoir si c'est un honnête homme ou un godelureau.

En sortant de la maison nous prenons sur la gauche où un homme en permission m'attendait avec deux triques superbes.

— Prenez-en une, dis-je au bonhomme et attendons; seulement montez votre foulard qu'on ne vous reconnaisse pas. J'avais monté mon col et, dans mon manteau, il était impossible de me deviner. Le vieux ne comprenait pas, mais il ne disait rien.

Le cousin file à droite, et dix minutes plus tard, le fiancé se dirigeait de son côté. Eh bien! me dit le bonhomme qui ne comprenait plus rien, son bâton à la main....

— Attendez un moment, dis-je.

Quelques minutes après, mon gaillard qui venait de se faire frictionner arrive se jeter dans nos jambes; je l'empoigne au passage :

— Avez-vous oui ou non l'intention d'épouser Suzanne ?

— Moi! jamais de la vie, répond l'inbécile qui craignait une seconde volée.

A ces mots, sans lui donner le temps de s'espliquer, je lui tombe dessus, le père furieux tapait comme un sourd, aussi l'amoureux s'enfuit-il comme un cerf.

Le lendemain il avait son congé et dans mon indignation feinte je lui fis dire que s'il bougeait je lui couperais les oreilles.

Et voilà comment, mon colonel, la charmante Suzanne que vous venez de voir put épouser son cousin Paul.

Et voilà aussi pourquoi je ne vais que rarement dans la maison, car après avoir fait le mariage, je ne voudrais pas essayer de troubler le ménage et... j'en serais tenté.

— Et puis parce que vous ne réussiriez pas.

— Ah! colonel, vous rabaissez mon sacrifice.

— Allons n... de D...! mettons que j'n'ai rien dit.

PAR COURRIER

E colonel a reçu le matin même une lettre du ministre qui lui demande réponse par le courrier du soir.

Il s'agit de faire un rapport assez compliqué sur l'effet produit par un changement de tenue dans le régiment, avantages, économie ou dépenses, etc.

Le colonel s'est immédiatement mis à l'œuvre, mais l'heure approche, le temps presse, et si le rapport est terminé, il est du moins tellement chargé de notes de ratures et de rectifications qu'il est impossible de l'envoyer dans une forme aussi défectueuse.

— Ah! tiens s'crongnieugnieu! cap'taine, vous voilà, ça tombe bien n... de D...!

— Vraiment, mon colonel, je suis heureux...

— Ça j'm'en f...! c'pas mon affaire, c'qui m'gondolait d'inquiétude, c'tait c'f... rapport que j'dois envoyer c'soir au ministre, et je n'm'y r'connais seul'ment plus, mais vous voilà, v's'allez me r'copier ça.

— Pour ce soir, mon colonel?

— Pour tout d'suite n... de D...! faut qu'je l'f... à la poste dans une heure.

— Mais, mon colonel, je ne demande pas mieux

que de m'y mettre à la minute, seulement je n'aurai
jamais le temps suffisant...

— C'ment ça. c'ment ça n... de D...!

— Il y a là huit pages...! s'il y avait moyen de
raccourcir un peu, je pourrais peut-être encore bien
y arriver, mais...

— Eh bien! voyons... nous disons qué... que...
quoi donc n... de D...! t'nez, voyez donc, n'sais plus
c'que j'ai f... là!

— Ici?... Les... les hommes... les hommes ep...
ep... ah! les hommes éprouvent une gêne in... in-
contes... incontestable...

— Ah! oui, c'est ça : vous savez c'est cette nouvelle cartouchière de mon sac qui n'va pas du tout
n... de D...! on leur a f... ça d'une manière toute
autre, n'peuvent pas s'en servir, font des gueules
de tourte.

— Pensez-vous, mon colonel, qu'on ne pourrait
pas écourter un peu ce paragraphe relatif à la cartouchière; si vous le permettez, je remplacerais par
quelques mots.

— Quelques mots...! C'est qu'vous n'allez p't'être
pas bien vous expliquer cap'taine, faut avoir tout

le... tout ça dont j'm'en flatte, pour dire la chose; j'compare avec les cartouchières de 64 et je r'monte même à celles du temps d'Louis-Philippe, c'est d'un intérêt vraiment r'marquable. V's'allez m'f... une bêtise, et l'ministre se dira qu'ça manque de... de la chose, comprenez; non, vaut mieux laisser ça. Ensuite, c'que j'ai donc mis là, après la cartouchière ?

— Après ce premier article, il y a SAC.

— Ah ! oui fectivement m'souviens : sac, c'que j'ai donc mis pour les sacs?

— Les... sacs... sont durs et... mal é... mal é... quilibrés, équilibrés; en marche, les uns... ver... versent à droite et...

— Fait'ment, j'dis qui sont mal f... et qu'ça n'va pas, c'est ça m'rappelle, s'ment, comprenez, n'peux pas dire ça comme ça, faut des formes, arranger ça conv'nablement; l'ministre, c'pas une tourte.

— Oui, je comprends, mon colonel, mais ne croyez-vous pas qu'on pourrait supprimer les dernières lignes?

— Quelles lignes donc n... de D...! Ici : le sac est un compagnon qui doit être l'ami fidèle du troupier...? Mais s'crongnieugnieu! cap'taine, vous n'y pensez pas ! c't'une dissertation comme pas d'aucun dans l'armée n'en s'rait susceptible ! Ah! f... non, n'faut pas supprimer ça!

— Voici maintenant un assez long paragraphe

sur la petite tenue, mais... elle n'a subi aucun changement, est-ce que vous trouvez bien nécessaire
d'insister sur...?

— Sur tout n... de D...! sur tout cap'taine, n'comprenez donc rien! Un rapport c't'un rapport pas
vrai, pas envie d'passer pour une couenne. J'ai fait
là-d'sus un travail admirable, t'endez bien c'que
j'vous transpose; si vous m'f... ça en l'air pour lors,
c'qui rest'ra?

— Mais dame, mon colonel, il y aura encore cinq
pages de plaintes sur la nouvelle tenue, et avec la
meilleure volonté du monde, je ne pourrai venir à
bout d'avoir recopié le tout pour six heures.

— N... de D... c't'assommant, m'auriez dit ça tout
d'suite, j'l'aurais fait s'crongnieugnieu! j'aurais d'jà
fini, cinq heures et d'mie n... de D,..., nous n'en sor-
tirons jamais.

— C'est justement pour ça qu'on pourrait peut-
être...

— Naturell'ment! mais vous n'comprenez rien,
faut que j'fasse tout, c'est dégoûtant à la fin, tâchez
donc moyen d'vous y mettre s'cré tonnerre! v'n'arri-
v'rez jamais à rien cap'taine, comme vous l'disais
faut supprimer, raccourcir, voyez un peu ça.

— Eh bien! mon colonel, je vais essayer; en ré-
sumé, vous voulez dire au ministre que les cartouchières, les sacs et la nouvelle coiffure n'offrent que
des désavantages, de la fatigue au soldat, une gêne
réelle...

— Mais dame! m'semble que v's'avez bien pu
l'remarquer comme moi.

— En effet; eh bien, je vais...

— Six heures moins douze ! n... de D... cap'taine,
vous n'en viendrez jamais à bout ; pas moyen d'envoyer mon rapport comme il est, si vous dites que
tout est mal f... faudra donner l'explique, ça n'en
finira plus...! Attendez : mettez qu'tout va bien ;
l'ministre enchanté n'demand'ra pas pourquoi et ça
lui f'ra plaisir. Avec dix lignes ça f'ra l'affaire ; allez
cap'taine, marchez. . . . .

. . . .

Ça y est ? bon, donnez-moi ça que j'signe. S'ment
une autre fois, tâchez donc d'comprendre un peu,
vous n'y êtes pas, vous n'y êtes pas cap'taine, c't'assommant !

Le Gérant : Genay.

PARIS. — IMPRIMERIE CHARLES BLOT, RUE BLEUE, 7.

HISTOIRES
DU
COLONEL RAMOLLOT

LE MOUCHOIR

Madame la colonelle vivait encore à cette époque, elle était même dans ses belles années, et, à l'occasion de sa fête, Ramollot avait réuni à table plusieurs vieux amis et connaissances — civils et militaires — ainsi que mesdames leurs épouses.

Une soirée dansante fort animée suivait un dîner rempli de gaîté, et à cette soirée, le colonel avait invité les officiers du régiment.

La jeunesse s'en donnait de tout cœur à danser, mais les gens plus calmes se contentaient de causer dans un salon voisin, et là venaient les rejoindre les danseurs fatigués.

Quelques dames mûres qu'on n'invitait pas s'étaient également réfugiées là comme pour fuir des sollicitations improbables, et leur amour-propre était sauvé.

Le lieutenant Bernard, malgré ses jarrets d'acier, était entré aussi dans ce salon, pour prendre un moment de repos, mais la colonelle n'entendait pas de cette oreille : Eh bien, lieut'nant ! signifie ? dit-elle en le trouvant là — la brave femme avait pris le parler du colonel.

Ramollot, comprenant qu'un moment de répit ferait plaisir à Bernard, s'empressa de tirer le lieutenant d'embarras en disant : Pardon, chère amie, pardon, une minute s'crongnieugnieu ! Bernard ira r'trouver ces dames tout à l'heure ; mais j'venais justement d'lui d'mander une p'tite histoire, pas vrai lieut'nant ?

— En... en effet, mon colonel.

— Tu vois, chère amie, je n'lui fais pas dire. Pour lors, lieut'nant, vous pouvez commencer.

— Mon colonel, c'est que... je ne connais pas beaucoup de choses amusantes.

— Mais si ! mais si, n... de D...!

— Eh bien ! cherchez, lieut'nant, reprit la colonelle, je vais organiser le quadrille, je reviens dans un instant pour entendre aussi votre récit.

Le colonel, heureux de sa plaisanterie, riait de tout cœur en disant : C'que vous voulez lieut'nant, vous désobligez ma femme, faut bien que j'vous f... dedans !

— Mais, mon colonel, c'est que je suis vraiment fort embarrassé.

— J'm'en f... lieut'nant, c'pas mon affaire ; du reste voici la colonelle, arrangez-vous.

La colonelle rentrait en effet en s'écriant : Maintenant, lieut'nant, nous vous écoutons.

— Mon Dieu, madame, dit Bernard, j'ai bien connu jadis quelques histoires morales, mais...

— Non non, lieut'nant, quèque chose de gai s'cron⸗

gnieugnieu ! faudrait voir à n'pas nous f... des histoires de p'tit enfant.

— J'entends bien, mon colonel, mais alors je dé-
manderai à ces dames la permission de dépasser...
un peu les limites ordinaires.

— Enfin quèque chose n... de D...! qu'une femme
honnête puisse entendre c'pendant, pas d'machine
à m'gêner moi-même.

— C'est entendu, mon colonel, je commence :
J'ai été témoin d'un fait qui ne manque pas
d'analogie avec une certaine nouvelle de l'abbé
Grécourt, nouvelle reproduite bien des fois sous di-
verses formes par des conteurs actuels
et qu'on prend souvent pour inven-
teurs ; il s'agit de cette fameuse histoire
du *mouchoir*.

— Quelle est donc cette nouvelle,
lieut'nant ?

— Madame, je vais vous la résumer,
la mienne n'est pas plus énorme, vous
verrez ainsi si je dois vous la dire : Un
homme était assis sur le mouchoir
d'une jeune fille ; il en aperçoit un bout
qui dépassait, il croit avoir pris une précaution...
insuffisante et... croyant réparer une maladresse, il
en commet une autre, en logeant entièrement le
mouchoir... où il ne fallait pas.

— Eh bien ! mais n... de D...! ça peut s'raconter
vot'e histoire, pas vrai chère amie; qu'en dites-vous,
mesdames ?

— Mais oui, mais oui, seulement, lieut'nant, vous
gazerez n'est-ce pas ?

— Autant que possible, madame, je vous le promets.

Un jour, un de mes amis de collège que j'avais

rencontré par hasard, m'apprend qu'il va se marier ; on devait signer le contrat le soir même, et tout heureux de me revoir, il m'invite à l'accompagner.

Je refuse, il insiste, il me réclame ma compagnie comme un service; bref, il insiste avec une telle chaleur, qu'après dîner, il finit par m'emmener et il me présente à sa future famille.

Des gens charmants ma foi, très accueillants, mais un peu collet monté. Le père avait un faux air de prêtre protestant, la maman exhalait une vague odeur d'église, et la jeune fille avait un petit air pincé de religieuse dans un omnibus.

Cette maison, très estimable sans doute, empoisonnait la vertu la plus farouche.

En qualité de fiancé, mon ami était venu de bonne heure ; quelques personnes de la famille étaient seules réunies au salon lorsque nous arrivâmes, et tout en me recevant d'une façon fort courtoise, la maman avait fait signe à sa fille de s'éloigner de moi.

J'étais gêné. Pour me donner une contenance dans cette maison où je ne connaissais personne, je cause avec le papa à un bout du salon, pendant qu'à l'autre bout, mon ami causait avec sa future belle-maman, assis tous deux sur le canapé.

De loin, j'aperçois alors, et à ce moment seulement, que le fiancé avait pris, comme dans Grécourt, une... précaution insuffisante.

Prévoyant une affaire du diable dans cette famille, je me démène de mon mieux, toussant, gesticulant, afin d'attirer l'attention du garçon, et enfin, quand il lève le nez, à l'aide de gestes aussi discrets que le permettait la situation, je lui indique sa... négligence.

C'est ici que, malheureusement, se borne la ressemblance de cette aventure avec celle de Grécourt.

Malgré sa pruderie, la jeune fille avait aperçu mes... indications, car au moment où mon ami s'en apercevait lui-même, par une inquiétude bien naturelle, il regarde du côté de la demoiselle et leurs regards se croisent.

Mais mon animal n'a pas seulement un instant l'idée d'une incorrection possible dans son costume, et il sait que la jeune fille est au courant de la découverte qu'il vient de faire; rester assis lui semble impossible, loger ce qu'il croit un mouchoir là où... ce n'est pas sa place, lui paraît plus impossible encore; alors, rouge comme un coq, il se lève précipitamment, en tirant élégamment entre les doigts... ce qui n'aurait pas dû dépasser, et il s'avance au milieu de la famille en disant d'un air suppliant: Oh ! mademoiselle... votre mouchoir !...

Devant l'exhibition de cette lingerie... irrégulière,

suffocation générale, cris, rumeurs comme vous le pensez, et qu'en est-il résulté ?

J'avoue que je l'ignore, car profitant de l'émotion de tous, j'ai gagné doucement la porte sans rien dire.

— S'crongnieugnieu ! lieut'nant, j'aurais voulu voir ça.

— Lieut'nant, reprit la colonelle, vous êtes resté dans des limites convenables, mais vous dépasseriez les bornes à présent, si vous faisiez attendre plus longtemps ces demoiselles : allons, monsieur, votre bras.

Et la colonelle et le lieutenant Bernard rentrèrent dans le salon de danse.

POLICE CORRECTIONNELLE

Affaire Pinteau. — *Acte d'accusation*

L'OUVERTURE de l'audience, il est donné lecture de l'acte d'accusation ainsi conçu :

Le 3 mai dernier, vers trois heures de l'après-midi, l'accusé Pinteau se présenta d'une manière très régulière dans l'établissement tenu par Mme veuve Fumet, directrice de chalet inodore, et demanda avec un empressement extraordina're, qu'on lui servît la... consommation d'usage en ces sortes d'endroits.

La dame Fumet s'empressa de mettre le... couvert, et quelques instants après, l'accusé, dont rien dans l'attitude n'avait pu faire supposer la mauvaise foi, cherchait à se retirer sans acquitter la note, se basant sur une raison ridicule d'insuffisance dans le... menu.

Les instances réitérées de la dame Fumet n'amenant aucun résultat satisfaisant, elle s'oublia au point de traiter l'accusé de filou, et ce dernier répondit à l'injure par un coup de pied dans le ventre de la réclamante.

Aux cris de la victime, les agents accoururent et s'emparèrent de l'homme ici présent.

E PRÉSIDFNT. — Accusé, levez-vous! Comment vous appelez-vous?

L'ACCUSÉ. — Jè... jè m'appelle Pinteau Isidore.

LE PRÉSIDENT. — Vous venez d'entendre la lecture des faits qui vous sont reprochés. Qu'avez-vous à répondre?

L'ACCUSÉ. — Jè... j'ai rien à répondre; cettè poison dè fame a mè dit...

LE PRÉSIDENT. — Veuillez respecter la plaignante et nous raconter vous-même les événements tels qu'ils se sont produits.

Puisque c'est comme ça, rendez-moi mon pet,
femme indélicate. (Page 61).

L'ACCUSÉ. — Dè pour lors què... què volà lè... le machin dè cettè n... de D... d'affairè dè rien du tout :

Je me proumènais de poésie et sentiments vraiment rèmarquables quand què jè me sens affligé d'inconvénient intérieur.

Dè pour lors què jè mè confie què c'est b... entortillant, et què j'aurai f... pas lè temps de rentrer au quartier, et j'autorise d'idée qui vaudrait encore mieux mè submerger de privation de plaisirs et agrément, et manger mon argent dans la... la chose dè... dè réparation, quoi !

Dont què pour là-dessus, j'aperçois la boutique dè cettè n... dè D...

LE PRÉSIDENT. — Accusé, veuillez employer d'autres termes, je vous prie.

L'ACCUSÉ. — Oh! jè m'en f...! Là-dessus j'aperçois la boutique de cette vieille jè ne sais quoi; j'entre, je m'humilie dè demander la chose et j'ambitionne de mè procurer lè... lè machin comme lequel de mè débarrasser.

LE PRÉSIDENT. — Eh bien, pourquoi refusez-vous de payer en sortant?

L'ACCUSÉ. — Ah! jè vais vous dire mosieu lè... lè

président, c'est què j'ai pas profité des avantages
dè... dè l'affaire.

Le président. — Comment, vous avez réfléchi,
vous avez changé d'idée une fois introduit dans...
dans l'endroit dont vous aviez demandé l'entrée?

L'accusé. — Jè m'ai réflexionné dè rien, j'ai pas
changé d'idée. mais jè... jè m'avais trompé; j'ai...
j'ai simplèment murmuré un... une pauvrè petite
plainte qu'on s'aurait cru què ça serait un pétit
enfant, tant què c'était un petit rien du tout.

Le président. — Cette raison n'est pas valable;
vous entrez, la dame Fumet ne vous suit pas, naturellement; en sortant vous devez payer. Or, lorsque
vous êtes sorti, vous avez refusé tout paiement, et
de plus, vous avez frappé la plaignante.

L'accusé. — C'est-à-dire què j'ai dit : Madame,
vous sè f... de ma fiole, et si faudrait què je donne-
rais trois sous pour l'acabit dè cè petit machin
toutes les fois dont jè suis susceptible, ça serait
vraiment à y manger toutè ma fortune.

Dè pour lors, madame y mè dit què jè suis t'un
farceur, què jè veux mè régaler sans payer, què
c'est indélicat et que ça se fait pas. Mais què je dis,
voyez bien què vous voulez me carotter.

Pour lors, voilà madame qui mè dit què je suis
t'un filou, comme si què j'avais mis dè son machin
dèdans mes poches; alors, je lui ai répondu : Si
vous seriez un homme, jè vous f... une giffe, et vous
mériteriez què je vous fasse comme ça. Et je lui ai
montré comment qu'a mériterait...

Le président. — Et vous lui avez donné un coup
de pied dans le ventre. C'est une bien mauvaise

manière d'indiquer. Asseyez-vous. Dame Fumet, qu'avez-vous à dire?

Madame Fumet. — Mon Dieu, monsieur le président, vous connaissez les faits. Ma maison est une des mieux tenues, j'ose le dire;

nous n'avons que quatre serviettes, c'est vrai, mais c'est du *Voltaire*, et tout le monde, tous mes clients, même les dames les plus difficiles vous le diront, c'est un papier...

Le Président. — Passez, passez, arrivons au fait.

Madame Fumet. — Oh! mais c'est que je tiens à bien spécifier que quatre *Voltaire* valent mieux que six *National* que donnent certaines maisons pour flatter le client; le papier du *National* n'a pas ce...

Le président. — Au fait, madame, au fait!

Madame Fumet. — A la sortie de monsieur, que j'avais servi avec cette conscience qui m'a toujours été reconnue dans la partie, je lui réclame ses quinze centimes, comme de juste, et il me répond... mon Dieu, comment dirai-je?

Que... que l'appétit n'a pas marché, si j'ose employer cette figure, qu'il n'a... qu'il n'a pris qu'un apéritif.

— Dame, lui dis-je, ce n'est pas mon affaire, ici c'est... c'est comme un genre de table d'hôte, c'est à prix fixe, et nous n'avons pas de tarif à... à la carte.

En ce moment, les affaires sont un peu mortes, on commence à partir à la campagne, et tout en admettant même les raisons de monsieur, quand une femme restée veuve avec onze enfants n'a pour se nourrir que... que sa place, on ne peut pas faire ainsi de cadeaux aux passants.

Avec ça, je n'ai pas eu de chance; ma belle-sœur qui vient de passer huit jours à Paris, n'arrêtait pas de... enfin elle était malade, c'est bon; mais ça finit par coûter!

LE PRÉSIDENT. — Mais enfin, vous ne nous dites pas que vous avez traité l'accusé de filou.

MADAME FUMET. — C'est vrai, je le reconnais, mais enfin, monsieur le président, vous comprendrez qu'il est dur...

LE PRÉSIDENT. — Le tribunal ne peut pas apprécier ces raisons, il ne peut constater que l'injure d'après votre aveu même; et qu'est-il résulté de votre mouvement de colère?

MADAME FUMET. — Mais, monsieur le président, que ce mossieu m'a dit mille horreurs, que je ne savais pas ce que je disais, que je n'étais qu'une vieille bête, une imbécile, qu'il se f... de moi; oui, monsieur, voilà les paroles de monsieur, et pour finir, il criait comme un enragé : Non, je ne paierai pas! Non, je ne vous f... rien! Un voleur, moi! Puisque c'est comme ça, rendez-moi mon pet, femme indélicate.

Alors la colère m'a emportée, et je lui ai dit : Oui, vous êtes un filou ! Quant à votre pet, courez après ; croyez-vous pas que je vais le faire monter en broche !

Et c'est là-dessus que monsieur, furieux, m'a donné un coup de pied épouvantable, et malgré moi j'ai...

LE PRÉSIDENT. — Vous avez quoi ?...

MADAME FUMET. — Mon Dieu, monsieur le président, je ne sais comment vous dire la chose... enfin je... je me suis montrée honnête envers monsieur, il pourra vous le dire.

LE PRÉSIDENT. — Accusé, comment madame s'est-elle montrée honnêtee envers vous, répondez !

L'ACCUSÉ. — Monsieur lè... lè président, cè... a m'a rendu... elle a fait un pet, quoi, et avant de crier au secours, elle m'a dit : Tiens, filou ! le v'là ton pet, es-tu content ?

Le tribunal, considérant que l'accusé n'a plus rien à réclamer et que le coup de pied reçu par la plaignante a été motivé par ses injures, renvoie les parties dos à dos, et les condamne solidairement aux dépens.

ÉCHOS DE LA CHAMBRÉE

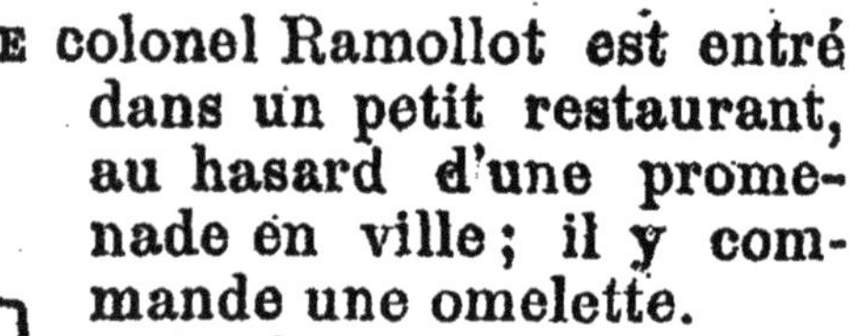

E colonel Ramollot est entré dans un petit restaurant, au hasard d'une promenade en ville ; il y commande une omelette.

Quelques instants après, le garçon la lui apporte, mais aussi liquide que de la sauce blanche.

— S'crongnieugnieu ! r'çon ! c'que vous vous f... d'ma fiole ? Quelle est cette cochonn'rie, n... de D... ?

— Mais... m'sieu !... c'est l'om'lette que vous avez commandée.

— Om'lette !... une om'lette, ça !

— Mais dame, vous voyez bien, monsieur, que ce sont des œufs.

— J'm'en f... s'crongnieugnieu ! c'sont des œufs trop liquides, j'n'aime pas ça, remportez-moi ça, n... de D...! et faites-moi faire une om'lette aux œufs durs.

*
* *

INTEAU assiste à la toilette de son colonel qui essaye un pantalon neuf :

— S'crongnieugnieu ! signifie, c'j...-f... m'a fait une jambe plus longue que l'autre, si je n'me trompe.

— . . . .

— Eh bien ! voyons, s'pèce de tourte, tu n'vois rien, tu n'dis rien ?

— Ma... ma colonel, jè trouve aussi què... què

la jambe droite il est plus longue què... què la gauche.

— Comment ça s'fait, n... de D...?

— Ma... ma colonel, c'est... c'est pèt'être què le parquet il serait dè travers...!

* *

PINTEAU devrait pourtant bien connaître le colonel Ramollot, c'est plus fort que lui, il ne peut s'habituer aux distractions ordinaires de ce dernier.

Dernièrement, il flânait benoitement sur le pas de la porte quand le colonel rentre au logis :

— O'que tu fais là, s'pèce de tourte ?

— Mais, colonel, jè... jè fais rien.

— Eh bien ! n... de D..., dépêche-toi d'en finir, ou sans ça j'te f... d'dans !

Et sans la moindre mauvaise humeur, sans songer même un instant à l'ordre donné, le colonel remonta tranquillement chez lui, tandis que Pinteau tout effaré se demandait comment il arriverait à se dépêcher de ne rien faire.

PETITE CORRESPONDANCE

Jè vouzai f... unè giffe, Lizat, oévret, mais vousavez tor dè m'en vouloire, jè suis pa ranouniste, la min tourner jè n'y panse plut, rèvéné Lisat, rèvéner, et vous verré ci cè qne jè dis c'est tuno nète homme ou non.

Le Gérant : GENAY

PARIS. — IMPRIMERIE CHARLES BLOT, RUE BLEUE, 7.

HISTOIRES
DU
COLONEL RAMOLLOT

RAMOLLOT EMBÊTÉ PAR LORGNEGRUT

Le colonel Ramollot, en petite tenue, flâne tranquillement à la terrasse d'un café, en compagnie du capitaine Lorgnegrut :

— Direz c'que vous voudrez, cap'taine, mais du moment que l'pékin n'a pas l'droit de s'goberger d'un habillement d'lancier, n'vois f... pas pourquoi l'gour'nement autorise l'officier d's'affubler d'un uniforme de pékin.

— Oh! mon Dieu, mon colonel, l'habit ne fait pas le moine.

— C'que vous m'f... encore, avec vos sales proverbes de mon sac! J'suis m'litaire, moi, m'sieu, eh bien! j'm'habille en m'litaire, n... de D...! c'qu'un moine, — qui s'rait moine tout d'même, — s'habille ei. off'cier d'lanciers? C'qu'un rôtisseur, — qui s'rait toujours rôtisseur, — s'habille en zouave?

— C'est vrai, mais...

— M'coupez pas, n... de D...! J'dis qu'l'off'cier d'vrait être fier de la chose de son... tout ça, et n'pas promiscuiter d'habits bourgeois. Eh bien! s'crongnieugnieu! m'direz-vous enfin c'que vous en pensez?

— Dame! mon...

— C't'une erreur, cap'taine, c't'une erreur, tendez-vous c'que j'vous propage? C't'une manière de dire : l'métier... j'm'en f...! et vous imbibez qu'c'est honorable?

— Oh! je...

— J'vous dis qu'si, n... de D...! et je n'sais vraiment pas c'que vous avez d'puis une heure à m'faufiler qu'je n'sais pas c'que j'dis. J'suis une tourte, pour lors, d'après c'que vous dites?

— Mais pas du tout, mon...

— Après les bontés dont j'vous ai procuré, v's'avez l'toupet...

— Permettez, mon colonel, je n'ai jamais eu l'intention de...

— Eh bien! pour lors, s'pliquez-vous donc, s'crongnieugnieu! quand vous s'rez là à me r'garder pendant une heure en m'abreuvant d'un œil tout autre!

— Je trouve que vous avez parfaitement raison, mon colonel, et je...

— Parbleu! l'sais f... bien; si vous n'aviez qu'ça à m'dire, c'tait f... pas la peine de m'couper la parole comme vous l'faites à chaque estant; n'y a rien d'malhonnête comme ça, et c't'assommant

d'discuter avec vous, n'y en a qu'pour vous, n... de
D...! Puisque c'est comme ça, j'm'en f... dites c'que
vous voudrez, je n'vous répondrai s'ment pas !

— ....

— V'là bien vot'e rosse de caractère ! v'là qu'vous
n'voulez rien dire maint'nant, hein ! mon sac, pour
lors?...

— Mais si, mon colonel, je... mais si. Je disais
que j'étais absolument de votre avis, et ces messieurs du régiment le partagent également, car
vous ne nous voyez pas souvent en civil. Il n'y a
que dans les occasions exceptionnelles.

— J'le r'connais, cap'taine, j'le r'connais,
s'ment j'ai rencontré hier encore le lieut'nant Bernard en bourgeois, et ça n'me va pas, n... de D...!
ça n'me va pas ! J'l'aime beaucoup c't'animal-là,
c't'un excellent off'cier, jeune, actif et rempli
d'moyens, n'préconise pas du contraire ; malin
comme un singe, f'ra son ch'min, c't'évident, mais
il m'embête.

— Mon Dieu, mon colonel. Bernard est, comme
vous le dites, un brillant officier, rempli d'avenir,
mais par cela même qu'il travaille beaucoup, il a
besoin de se délasser un peu en courant le monde.
S'il se met en civil...

— C'est justement c'qui n'me convient pas ; j'l'aurai à l'as, n... de D...!

— Mais tenez, mon colonel, hier, par exemple, il
avait une raison.

— Une raison ! quelle raison, s'crongnieugnieu?

— Oh ! c'est toute une histoire. Bernard, comme
vous le savez...

— Turellement, puisque j'sais tout !

— Le lieutenant courtise volontiers les femmes,
mariées ou non. Or, tout récemment, il avait fait la

connaissance d'une petite particulière qui, quoique
mariée, le recevait chez elle en l'absence de son
mari, un bonhomme un peu myope, mais qui aurait
bien vu tout de même s'il avait été là.

— C't'évident, parbleu! c'que vous m'f... là, cap'-
taine?

— Les amours de Bernard duraient depuis une
quinzaine de jours environ, mais aussi imprudent
que cette jeune femme qui le recevait au domicile
conjugal, il allait toujours la voir en tenue, tant et
si bien que ces visites d'officier furent remarquées,
et que le mari finit par avoir vent de la chose. Vous
le comprenez, mon colonel.

— C't'évident, puisque j'vous dis que j'comprends
tout!

— Hier donc, Bernard arrive à son heure habi-
tuelle, sa Dulcinée le guettait de la fenêtre. En deux
secondes, le lieutenant grimpe les trois étages,

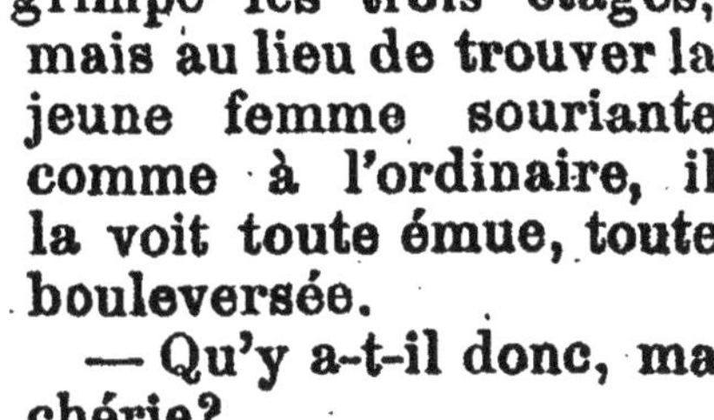

mais au lieu de trouver la
jeune femme souriante
comme à l'ordinaire, il
la voit toute émue, toute
bouleversée.

— Qu'y a-t-il donc, ma
chérie?

— Mon mari! il te sui-
vait. Comment
faire? s'il allait
rentrer!...

La petite re-
tourne à la fenê-
tre, le vieux arri-
vait bel et bien;

plus de doute, il savait tout!...

— Que faire, mon Dieu! que faire? Je sais bien

qu'il n'y voit pas très clair, mais un officier, ça se remarque ; pas moyen de s'y tromper !...

Il n'y avait pas une minute à perdre, comme vous le pensez, mon colonel ; mais songeant à la myopie du mari, Bernard eut vivement trouvé le moyen de sauver la situation : — Donne-moi un pantalon et un pardessus, dit-il, et ne crains rien. En un clin d'œil, son pantalon collant disparaissait dans un vieux pantalon noir, et sa tunique était dissimulée sous un pardessus marron :

— Donne-moi un chapeau, là ; maintenant, atten-

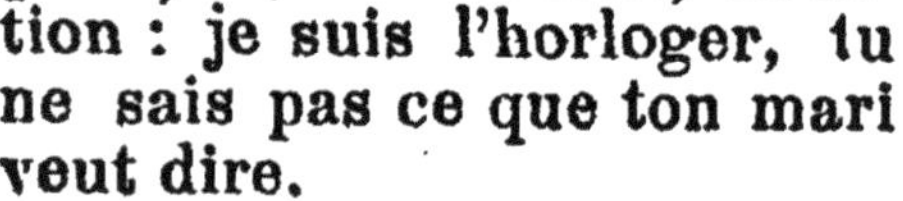

tion : je suis l'horloger, tu ne sais pas ce que ton mari veut dire.

Il était temps : le vieux sonnait avec rage.

Bernard attrape la pendule ; la petite court ouvrir.

— Ah! ah! tu... tu ne m'attendais pas, hein! s'écrie le bonhomme d'une voix sauvage.

— Ma foi non, mon ami, est-ce que tu... est-ce que tu as oublié quelque chose?

Devant la sérénité de sa femme, le mari stupéfait ne savait s'il devait se laisser aller à sa colère ou se contenir.

— Non, dit-il, je... je n'ai rien oublié ; seulement je ne serais pas fâché de savoir où a pu passer un certain officier...

— Un officier ! Est-ce que tu aurais eu une chicane?

— Allons, voyons, ne fais donc pas la bête! dit le bonhomme qui ne pouvait plus se contenir, et ce disant, il poussa violemment la porte de la chambre, où Bernard démolissait tranquillement la pendule.

A sa vue, le mari resta bouche béante.

— Oh! tu vas me gronder, minauda la particulière en l'attrapant par le cou; je croyais que tu

n'en saurais rien, je comptais que monsieur pourrait réparer ma maladresse avant ton retour.

— Je n'aime pas les cachotteries! cria le vieux pour donner le change à Bernard sur son entrée violente; qu'est-ce que c'est encore que cette histoire-là?

Alors on lui conta que la pendule s'était arrêtée, qu'en la remontant sa femme avait dû l'abîmer...

— Un tas d'foutaises, quoi!

Bernard déclara qu'il fallait l'emporter, et pendant qu'il s'y préparait, la jeune femme disait à son mari :

— Mais qu'est-ce que c'est donc que cet officier dont tu me parlais ?

— Ché sais, répondit Bernard avec un accent allemand, cé le pon ami tu tame t'au-tessus. Adentez, y fa tescentre tans un temi-heure, fu lè férez bar lè vénètre. Quettez-lè pien.

Le lieutenant porta la pendule chez son horloger,

qu'il mit au courant de l'affaire, Une demi-heure après ils revenaient tous deux dans la maison cachés sous un parapluie, pour ne pas être reconnus par le vieux qui guettait à la fenêtre. Bernard se déshabillait dans l'escalier, ce qui n'était ni long ni difficile.

— La petite vous ouvrira, dit-il à l'horloger, car le vieux ne va pas quitter la fenêtre; donnez-lui ce paquet, et dites au mari qu'il aura sa pendule dans quelques jours.

La petite ouvrit en effet, et elle raccrochait les vêtements du bonhomme, pendant que ce dernier lui criait :

— Tiens! viens vite! viens le voir! quand je te le disais qu'il y avait un officier dans la maison! Tu vois bien qu'on ne m'attrape pas facilement.

C'était mon Bernard qui sortait de la porte cochère.

Et voilà comment, mon colonel, vous aviez vu, quelques instants avant, le lieutenant se promener en bourgeois.

— Eh bien ! n... de D...! v'là c'que j'appelle une escuse, pourquoi n'pas m'dire ça tout d'suite?

— Mais, mon colonel...

— Suffit, cap'taine, j'n'aime pas les mauvais caractères, moi, j'vous dis qu'Bernard s'f... en civil tant qui voudra, et j'vous l'répète, n... de D...! c'pas vot'e affaire ! c'que ça vous r'garde ?

Et le colonel Ramollot se retira de très mauvaise humeur en bougonnant tout le long de son chemin :

— J'vous d'mande un peu c'que ça peut lui faire que Bernard s'f... en civil ? Qué f... caractère il a c't'animal-là!... y m'embête à la fin !

N... de D...! r'gardez-la, on dirait qu'a s'f... d'vous d'voir
que vous voulez rentrer si vite que ça... (Page 75).

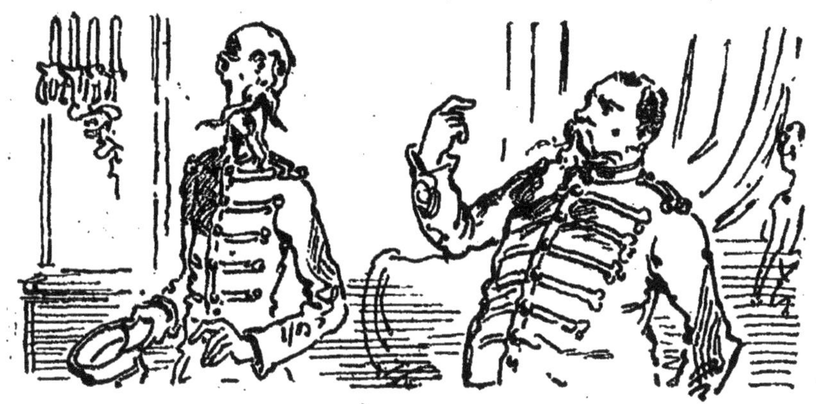

LA LUNE

Le colonel Ramollot a été en soirée chez le sous-préfet de la localité dans laquelle le régiment tient garnison. Il y avait là quelques officiers, le capitaine Lorgnegrut entre autres, et ce dernier cherchait à s'échapper sournoisement, mais le colonel avait l'œil dessus.

— Cap'taine! cap'taine! vous... vous obliquez?

— Mon colonel, il est tard, et... en effet, j'allais me retirer.

— Eh bien! s'crongnieugnieu! attendez-moi, je file avec vous, nous f'rons route ensemble, c'toujours plus agréable.

— Mais, mon colonel, je ne voudrais pas vous priver...

— Mais non cap'taine, j'm'en f...! j'en ai assez, n'danse plus moi, vous non plus, v'nez donc, nous caus'rons.

Bon gré, mal gré, Lorgnegrut dut attendre le colonel et partir avec lui.

— Ah! f:...! ça semble bon un peu d'air, trouvez pas, cap'taine?

— Si, parfaitement, mon colonel, car il faisait vraiment bien chaud là-haut; il ne serait peut-être mêmo pas sain de nous attarder, on peut prendre froid, et le meilleur serait, je crois, de nous hâter de rentrer.

— Quoi rentrer ? c'que vous m'f... là, cap'taine ; v'n'êtes c'pendant pas décolleté, j'inaugure...

— Non, mon colonel, mais...

— V's'avez vot'e manteau, moi aussi, n'pouvez c'pendant pas d'mander pour rentrer qu'on vous f... une chauff'rette !

— Oh ! bien entendu, seulement...

— S'ment quoi, s'crongnieugnieu ! fait bon, fait sec, c't'un bon temps pour faire un bout d'prom'-nade. T'nez, n... de D...! f'sons l'grand tour, en marchant bon pas, ça nous réchauff'ra. D'ailleurs vous engraissez, cap'taine, croyez-moi, faut mar-cher. T'nez, r'gardez donc un peu là-haut.

— Quoi donc, mon colonel ?

— Eh ! la lune donc, n... de D...! r'gardez-la, on dirait qu'a s'f... d'vous d'voir que vous voulez ren-trer si vite que ça.

— Oh! quant à ça, je doute fort que la lune se mêle de mes affaires.

— Enfin, n... de D...! elle a l'air de rire, pas à tortiller. C'que ça peut bien être que c'te f... ma-chine-là tout d'même ?

— Mais dame, mon colonel, c'est un astre comme bien d'autres.

— Parbleu ! j'sais f... bien que c'n'est pas une guitare, s'ment c'est cette sacrée figure qui est cocasse tout d'même.

— Ce sont des taches, des ombres, si vous aimez mieux...

— Oh! ça, j'm'en f...!

— Ce sont des vallées, si vous préférez, alors elles sont naturellement moins lumineuses que les parties montagneuses qui...

— Quoi s'crongnieugnieu ! montagnes, vallées ? croyez donc aussi que la lune, c't'une machine comme la terre ?

— Oh ! mon colonel, je... je ne sais pas, les savants affirment y avoir découvert des montagnes, des lacs, des...

— Oui, enfin des... des machines quoi ! j'ai entendu dire aussi par un tas de m'lons qu'il pourrait bien y avoir des habitants.

— Les uns disent oui, les autres disent non. Ainsi on dit que la lune n'ayant pas d'atmosphère...

— O'qui's'en savent ? c'que la lune est v'nue leur dire ?

— Ah ! mon colonel, je ne sais pas, je répète ce que disent les astronomes : ainsi, les uns prétendent que la lune n'a pas d'atmosphère et qu'en conséquence, on ne pourrait y vivre. Les autres disent que les parties hautes seraient inhabitables, en effet, mais que dans les vallées, il pourrait se faire qu'il y eût des habitants.

— Et vous croyez ça, vous ! mais s'crongnieugnieu ! cap'taine, vous m'renfoncez d'étonnement en stupéfaction, tendez bien c'que j'vous parle. Des habitants dans la lune !...

— Mais, mon colonel, je...

— J'vous dis qu'non, n... de D...! et j'suis vraiment étonnant d'vous entendre dire cette chose estupide. Si c'est pour ça qu'vous avez d'mandé à me r'conduire, v's'auriez tout aussi bien fait d'vous en aller d'vot'e côté.

— Je n'ai pas d'opinion là-dessus, mon colonel, et je serais désolé que vous supposiez...

— N'suppose pas, m'sieu ! n'suppose pas ! vous dites vous-même que vous n'en savez rien, c'est là c'qui m'froisse, s'crongnieugnieu !

— Mais dame, mon colonel, je ne suis pas astronome, moi, je n'y connais rien, et comme je ne peux cependant pas monter dans la lune pour m'assurer du fait...

— Mais n... de D...! est-ce que j'y suis monté, moi, dans la lune ? Non, pas vrai ? Eh bien ! moi, j'vous l'dis : n'y a pas d'habitants d'dans.

— Du moment que vous me le dites, mon colonel, je...

— N's'agit pas d'ça, s'crongnieugnieu ! quand vous s'rez là à m'donner raison comme une tourte, c't'encore une façon de m'dire d'vous f... la paix, pas vrai ?

— Oh! mon colonel, je...

— J'vous dis qu'si, n... de D...! et j'n'aime pas ça f...! s'agit d'raisonner, pas aut'e chose. Si j'vous dis qui n'y a pas d'habitants, c'est parc'que j'ai raisonné, moi, tendez bien la chose, et v'là c'que je m'suis dit : S'il y avait des gens là d'dans, où s'f...ils quand la lune n'est plus qu'un tout p'tit j...-f... de croissant ?

— Un... ah! oui, oui, parfaitement, mon colonel, je n'y avais pas songé.

— Parbleu, n... de D...! n'pensez jamais à rien. Allons, cap'taine, à demain; s'ment, pensez à c'que j'viens d'vous dire : Avant d'parler, ayez toujours soin d'raisonner afin de n'pas dire des bêtises.

UNE BONNE SOIRÉE

E colonel a reçu un fauteuil d'orchestre pour la représentation du soir, mais comme il ne peut s'y rendre, il appelle Pinteau qui bâille dans la pièce voisine.

— Arrive ici, s'pèce d'animal! As-tu déjà été au théâtre ?

— Jè... jè sais où qu'il est, ma colonel, mais què j'ai pas encore été dèdans.

— Eh bien! mets ta tunique numéro un n... de D...! astique-toi comme pour la parade et tu viendras m'trouver tout à l'heure.

— Oui, ma colonel.

Pinteau revient au bout d'une demi-heure beau comme un astre.

— Tiens, n... de D...! v'là un billet b... de tourte, tu vas aller au théâtre; tu entreras avec tout le monde, tu f... ça au comptoir et on te dira où il faut aller.

— Bien, ma colonel.

Pinteau suit le monde, arrive au bureau, donne son billet et s'installe aux fauteuils d'un air ahuri, ébloui par les lumières, son schako sur les genoux.

A chaque entr'acte, on entre, on sort, mais tant qu'il voit du monde autour de lui, Pinteau, raide comme un pieu, ne bouge pas de place.

Vers la fin de la pièce, l'ouvreuse arrive lui demander de ne pas l'oublier.

— Ou... oublier ! vous oublier ?

— Oui, je vous demande de ne pas oublier l'ouvreuse.

— L'ou... l'ouvreusè dè quoi donc ?

— Mais c'est moi l'ouvreuse !

— Ouvreusè dè quoi ? vous m'avez f... rien ouvert, cè què c'est que cettè foutaise, dites-moi donc madame ?

Voyant qu'il n'y a rien à en tirer, l'ouvreuse passe plus loin, pendant que Pinteau, abruti, continue à bougonner : Què voilà encore unè drolè dè foutaise par exemple ! cè què j'ai demandé què vous m'ouvreriez dè n'importe ?

Enfin la pièce est terminée, tout le monde se retire et Pinteau voyant partir la foule se décide à sortir, et enfonçant son schako solidement : N... dè D.,.! cè pas malheureux !

Le lendemain matin il entre chez le colonel :

— Eh bien ! comment as-tu trouvé la pièce ?

— Oh ! ma colonel, cè... cè une pièce superbe, c'est grand, grand, qu'on était là dèdans b... du monde tout dè même, et dè la chandelle...! qu'on n'y voyait plus clair quoi !

— Je n'te parle pas de la salle, b... de tourte, je te parle de la pièce qu'on jouait, comment as-tu trouvé ça ?

— Ah ! cè què les gens y disaient ?

— Evidemment !

— Ah ! ma colonel, j'ai pas fait attention, c'était leurs affaires dè pas vrai, aussi jè m'en suis pas mêlé vu què... què ça mè regardait pas, quoi ! seulèment comme y's'en finissaient pas, ça commençait à m'entortiller.

Le Gérant : GENAY

PARIS. — IMPRIMERIE CHARLES BLOT, RUE BLEUE, 7.

HISTOIRES

DU

COLONEL RAMOLLOT

LE SABRE

Le capitaine Lorgnegrut se promène tout seul,
mais il a l'air inquiet et regarde de côtés et d'autres
tout en marchant ; c'est ainsi que sans s'en douter,
il va se jeter tout droit dans les bras d'un de ses
amis.

— Seul ! comment tout seul, capitaine !... Qu'avez-vous donc fait de votre colonel ?

— Ne m'en parlez pas, j'ai une peur atroce de le rencontrer ; il est de mauvaise humeur ce matin, et je serais sûr d'attraper mon affaire.

— Mais je crois que cela lui arrive souvent de ne pas être content.

— Oui, je ne dis pas non, mais au fond c'est un excellent homme. Il crie continuellement, il n'est jamais de l'avis de personne, et dans tout ça, il ne s'agit que de savoir le prendre.

— Cependant vous n'avez pas l'air de courir après lui.

— Mais dame, non ! Il m'a pris en amitié, alors il me bourre comme un canon, j'étrenne pour tout le monde, et c'est quelquefois très désagréable. C'est l'histoire d'un moment, car la main tournée il n'y pense plus ; si on le croyait, à l'entendre tout le régiment finirait ses jours en prison, mais je l'aime encore mieux que ces pète-sec qui ne vous disent rien, et qui vous fourrent dedans pour la moindre peccadille. Il faut qu'il crie, il aime ça.

— Et puis il a des idées à lui.

— Eh ! mon Dieu, chacun a les siennes ; avec ça qu'on n'a pas cité des histoires bizarres sur le dos de bien d'autres. Ainsi tenez, l'histoire du sabre, ne l'a-t-on pas mise sur le compte du maréchal Castellane ?

— Quelle histoire de sabre ?

— Comment, vous ne la connaissez pas ? Eh bien ! attendez, entrons dans ce café, je vais vous la raconter.

Figurez-vous qu'un jour, à Lyon, où il commandait, le maréchal était tranquillement à la fenêtre de son hôtel, prenant le frais, lorsqu'il aperçoit de loin un officier qui était sorti sans avoir son sabre au côté. Pas son sabre ! un officier !... le maréchal ne pouvait en croire ses yeux !

— P'sitt ! p'sitt ! cap'taine !

Le capitaine, qui avait guigné le maréchal, filait raide comme balle, espérant que sa négligence ne serait pas remarquée, mais entendant qu'on l'appelait, il n'y avait pas à tortiller, il fallait avancer à l'ordre.

Il avançait donc, tout en se demandant à part lui ce qu'il allait bien répondre au maréchal ; il monte, et dans l'antichambre, il aperçoit toute une série de sabres. En prendre un, se l'accrocher à la ceinture, fut pour lui l'affaire d'un instant. Il entre :

— Maréchal, vous m'avez appelé ?

— Oui je... vous faites un tour en ville, cap'taine ?

— Mon Dieu oui, maréchal.

— Et... vous n'avez rien à me dire ?

— Mais..., rien de nouveau, maréchal.

Castellane regardait le capitaine de tous les côtés pour voir s'il n'avait rien à lui reprocher dans sa tenue,

mais ce qui l'avait cloué net, c'était ce diable
de sabre qu'il voyait à la ceinture de l'officier
alors qu'il avait cru
ne pas lui en avoir vu
dans la rue.

— Ah ! eh bien ! c'est
bon, cap'taine, allez,
mon ami.

Le capitaine sort,
retire et raccroche le
sabre dans l'anticham-
bre, et il file dans la
rue, mais il n'avait pas
fait dix pas qu'il entend
qu'on le rappelle.

— P'sitt ! p'sitt ! cap'taine !
Le capitaine remonte, re-
prend le sabre qu'il met de
nouveau à sa ceinture, et il
paraît devant le maréchal.

Saisissement de Castel-
lane qui ne sait plus ce
que cela veut dire.

— Allons, cap'taine, c'est
bien, je... je voulais vous
dire quelque chose, mais j'ai
réfléchi, c'est... c'est inutile,
allez mon ami.

Dans l'antichambre, nouvelle comédie, et le
maréchal qui s'est remis à la fenêtre, voit

encore une fois l'officier qui suit la rue toujours sans sabre.

Alors il va trouver madame la maréchale et l'amène à la fenêtre :

— Tu vois bien ce capitaine qui s'en va là-bas ?

— Oui, mon ami.

— A-t-il un sabre ?

— Non.

— Non ! Eh bien ! il en a un tout de même !

Vous comprenez que si on a fourré cette histoire sur le dos de Castellane, on peut bien en fourrer d'autres sur le compte de Ramollot, mais vous le savez, il ne faut pas écouter tout ce qu'on dit.

LE RÉNÉGAT

PRÈS dîner, chez le président du tribunal. On vient de passer au salon ; les conversations s'établissent par groupes sympathiques, le colonel en profite pour attirer le président dans un coin :

— Dites-moi donc m'sieu le... le président, qu'est-ce que c'est donc encore que cette sale histoire de c't'animal de r'négat, dont vous parliez à table et dont vous n'avez pas dit le nom. C'que c'est donc que c'b...-là ?

— Qui vient de se faire protestant? Comment, vous ne connaissez pas l'histoire du rénégat !

— N'sais f... pas qui c'est, p'role d'honneur.

— Mais tout le monde vous le dira : c'est le directeur des postes de notre petit endroit.

— Ah ! ce p'tit n... de D... ! qui avait une tête d'âne et qui n'arrêtait pas d'aller à la messe ?

— Lui-même. Dans les derniers temps en effet, il était d'une dévotion étonnante, il faisait l'admiration de la ville.

— Eh bien ! mais, pour lors, comment a-t-il... attrapé ça ?

— Ah ! le malheureux, c'est encore grâce à un de vos officiers, à votre fameux lieutenant Bernard; il est dit que ce garçon-là mettra toute la ville en révolution, si ça continue.

— C'ment ça ! c'ment ça ! m'sieu l'président. Bernard est un animal qui n's'occupe f... pas d'la r'ligion d'un chacun c'pendant !

— Oh ! je ne vous dis pas qu'il a demandé à monsieur Chiplepet de se faire protestant, mais c'est néanmoins grâce à lui que ce brave homme a changé de religion.

— N's'rais f... pas fâché d'avoir l'esplique de tout çui-ci, car j'vous avoue que j'n'y comprends rien ; mais à table pourtant vous n'parliez pas d'Bernard.

— A cause des jeunes filles, colonel; mais si vous voulez passer dans mon cabinet, j'vais vous conter l'histoire en fumant un cigare.

Ce monsieur Chiplepet était marié depuis trois ans déjà, lorsque votre régiment vint ici pour tenir garnison, et le ménage se désolait de ne pas avoir d'enfant.

On avait consulté les médecins qui n'y comprenaient rien, mais pour la forme, ils avaient ordonné un régime à suivre. Le mari se bourrait de pilules de fer, sa femme prenait du quinquina : rien !

Le mari devenait énorme, on lui fit faire de la gymnastique, enfin mille choses, mais toujours sans succès.

Ces gens n'auraient rien dit, on ne s'en serait pas occupé, mais ils devenaient insupportables avec leurs plaintes, et, comme dans tous les cas semblables, le mari devint un objet de risée.

Qu'il se fasse aider, disaient les loustics, et qu'il nous fiche la paix, avec son rêve d'être père de famille.

C'était peut-être bien un peu l'avis de madame Chiplepet, mais vous comprenez qu'elle ne pouvait vraiment pas offrir cette ressource à son mari.

— C't'évident! c't'évident !

— La médecine ne réussissant pas, Chiplepet eut alors une idée : il se jeta dans la religion. Seulement il faut dire que sa femme y mettait une ardeur très modeste. Il avait réussi à l'emmener faire un pèlerinage, mais comme il était resté sans résultat elle n'y voulut pas retourner l'année suivante :

— Vas-y tout seul, lui dit-elle, moi je ferai ici une neuvaine.

Voilà Chiplepet qui part en Touraine prier Saint-Greluchon, et votre régiment arrive pendant son absence.

Comme je vous l'ai déjà dit, madame Chiplepet avait une foi religieuse assez contestable, les moyens... ordinaires lui semblaient les meilleurs. Réclamer ce petit... service à un habitant de l'endroit, c'était vouloir que la ville tout entière le sût le lendemain ; le hasard la mit sur le chemin de Bernard, et... vous devinez le reste.

Il fut très discret, il faut le reconnaître, mais enfin, comme le... pèlerinage du mari réussit à merveille, on trouva ça très drôle dans la localité.

Son ambition satisfaite, Chiplepet avait beaucoup perdu de sa dévotion, mais l'année suivante, sans le moindre pèlerinage, les vœux du ménage furent encore exaucés.

Eh bien ! hier, je les ai surpris sans le vouloir, sur la route où j'étais arrêté... derrière une haie.   (Page 91)

Chiplepet ne dit rien, mais il trouva que le ciel était vraiment bien bon pour lui, et pour ne pas abuser de ses faveurs, il ne lui adressa aucun remerciement, espérant que, vexé de son sans-façon, il l'oublierait l'année suivante.

Erreur ! le ciel prodigue rattrapait le temps perdu, et pour la troisième fois il augmentait sa race.

Décidément, se dit le mari, ça finirait par devenir de l'indiscrétion, je vais prier là-haut qu'on arrête

les bienfaits. N'en jetez plus, Seigneur ! j'en ai plein la maison.

— Mais je n'vois f... pas comment Bernard...

— Oh ! attendez, colonel. Voilà donc mon brave homme qui se rejette à corps perdu dans la dévotion, qui fait prières sur prières pour arrêter l'avalanche, mais ce fut peine inutile : un quatrième rejeton se dessinait à l'horizon

Alors, furieux, il repartit en Touraine faire une scène atroce à Saint-Greluchon, et pour se mettre le ciel à dos, il vient de se faire protestant. Or, dans notre endroit, quand on parle de Chiplepet, on ne l'appelle plus que le renégat.

— Oui, mais enfin, m'sieu l'président, puisque vous dites que Bernard a été très discret...

— Très discret, effectivement, et madame Chiplepet fort adroite, seulement...

— Seulement quoi donc, s'crongnieugnieu !

— Eh bien ! hier je les ai surpris sans le vouloir sur la route où j'étais arrêté... derrière une haie ; ils passèrent sans me voir, mais moi je les reconnus parfaitement.

Oh ! non, disait-elle, tu sais, c'est le dernier, car il me l'a encore dit l'autre soir : —Arrange-toi comme tu voudras, mais si tu en as un cinquième, moi je t'avertis, j'f... l'camp !

AUX COURSES

Courses d'officiers à Vincennes; le colonel Ramollot y a rencontré le lieutenant Bernard; ils reviennent ensemble, et, en route, après avoir discuté les résultats de la journée, on cause de l'assistance :

— S'crongnieugnieu! lieut'nant, sav'vous qu'il y avait là des créatures dont je m's'rais violemment torché l'bec, c'que vous en dites?

— Mais... mon colonel, je n'en doute pas.

— J'l'espère f... bien, n... de D...! mais vous-même, c'que vous n'seriez pas v'nu là dans l'sentiment d'fréquentation ou autre?

— Ma foi non, car, je vous l'avoue, mon colonel, ce n'est pas dans ce milieu que j'irais chercher des connaissances.

— M'semble pourtant, lieut'nant, qu'elles ne font pas partie, plutôt ici qu'ailleurs, de la section hors rangs!

— Non, c'est vrai, mais voyez-vous, mon colonel, il y a dans ces endroits, comme dans toutes les réunions, du reste, plusieurs sortes de femmes, sauf des femmes sentimentales.

— C'ment ça? c'ment ça, n... de D...!

— Voici le classement, mon colonel, selon moi, du moins : il y a d'abord là comme partout les femmes honnêtes, celles auprès desquelles on perdra toujours son temps.

— Mais n... de D...! une femme commence toujours par être honnête !

— Oui, mais ce n'est pas là qu'on la troublera. Elle vient accompagnée de son mari, qui joue ou ne joue pas. Elle vient pour le plaisir qu'elle y trouve, comme d'autres trouvent leur plaisir au bal ou au théâtre. Si le mari ne joue pas, il accompagne sa femme, rien à faire. Si le mari joue, sa femme le surveille pour éviter qu'il se ruine, et vous pouvez faire le joli cœur, elle ne vous verra seulement pas.

— Mais, s'crongnieugnieu ! il y a pas qu'ces tourtes-là !

— C'est vrai, il y a ensuite les joueuses, les parieuses. Accompagnées ou non, délurées ou pas, on perd également son temps avec elles. Ailleurs que là, elles peuvent bien se tenir ou lever la jambe en l'air, mais aux courses elles se bousculeront comme des enragées, elles discuteront cheval comme le dernier des maquignons, elles se répandront en injures contre le jockey malheureux, et le cheval qui les aura fait perdre sera traité de rosse, de carcan ou de veau, sans la moindre hésitation.

Inutile d'aller leur causer de votre passion, plus tard on verra, mais pour le moment, elles sont tout à la passion du jeu, qui s'augmente d'une question d'amour-propre. Perdre, ce n'est encore que demi-mal, mais avoir fait erreur, se tromper les exaspère. L'heure est mal choisie pour l'amoureux. En gain elles frisent l'insolence, en perte elles sont inabordables. Elles iront presque d'elles-mêmes se proposer à un garçon d'écurie qui empoisonne, qui est sale et mal f..., mais elles le préféreront à un garçon présentable qui leur offrirait 100 louis, si ce malotru peut leur donner un renseignement qui leur en fera gagner 15.

Complètement décavées, vous pouvez les cueillir, mais elles sont de mauvaise humeur, et il faut les refaire de leur perte, ce qui est dur.

— Mais s'crongnieugnieu ! j'sais f..., bien qu'il y en a d'autres, j'n'ai pas la berlue, c'que vous contez là, lieutenant ?

— Il y en a d'autres, c'est vrai, mon colonel, mais elles ne sont pas beaucoup à rechercher, selon moi. C'est la troisième et dernière catégorie, celle des femmes qui viennent là pour consoler les perdants ou fêter les gagnants.

Elles ont dépensé leur voiture et leur entrée, ce n'est pas pour des prunes, elles veulent rentrer dans leurs frais et... et au delà, bien entendu.

Maintenant, mon colonel, celles-là sont peu nombreuses. Quelques-unes de ces demoiselles s'offrent les courses comme agrément, comme plaisir, sans espoir de faire une affaire, je ne dis pas non, mais il ne faut pas en conclure que même en ce cas leur connaissance... sentimentale est facile à faire, non. Elles s'en retourneront seules sans regret parce qu'elles sont en vacances, mais quant à se laisser cueillir gratuitement, même par un homme aimable, du moment qu'elles ont fait des frais, il n'y faut pas compter, elles trouveraient ça trop bête.

— Eh! s'crongnieugnieu! c'est p't'être encore bien possible c'que vous dites là, lieut'nant, et vous en concluez?

— J'en conclus, mon colonel, que les courses sont un vrai plaisir de mâles, et je m'étonne que quelque mégère n'ait pas encore songé à fonder une société pour les courses de femmes.

ÉCHOS DE LA CHAMBRÉE

Le colonel Ramollot a quelquefois le mot pour rire.

Dernièrement un ami l'invite à dîner.

— Viens donc vendredi, on ne te voit jamais; nous dînerons sans façons.

— Dîner, dîner, j'te connais, tu vas encore f... les p'tits plats dans les grands, faire des cérémonies...

— Pas du tout, nous aurons tout simplement le potage, un gigot et des haricots; tu trouveras là le juge de paix.

— Le juge de paix?

— Oui.

— Le juge de paix et des haricots, parfait; j'irai pour lors, nous verrons s'crongnieugnieu! si c'gaillard-là connaît son affaire.

*
* *

Extrait de rapport :
Quatre jours de consigne au soldat Merluchon, pour avoir jeté de l'eau pendant que le sergent Dogain passait par la fenêtre.

PETITE CORRESPONDANCE

A Madmoselle B... — Foty tout de même que vous sereriez tune cochonnerit de persone, dè mè fert poser parun temp pareille dedans le Lusquenbourg pendant une neurre. N... de D...! puisque cè come sa, moi aussi què jè vous done randévou pour demin, seurement què vous poserez aussi, je vous zenrè pon, car jè viendré f... pas. Croyez donc qu'on f... dèdans un ancien 'qui la connet come jè m'en flatte !

Le Gérant : Genay.

PARIS. — IMPRIMERIE CHARLES BLOT, RUE BLEUE, 7.

HISTOIRES
DU
COLONEL RAMOLLOT

LA MÉDAILLE DE SAUVETAGE

Pinteau relève de maladie. Qu'a-t-il eu ? nous
allons le savoir, si nous l'écoutons converser avec
sa bonne amie, à laquelle il a donné rendez-vous,
et qu'il entretient de son aventure au soleil, sur un
banc des Tuileries :

— Oui flère d'amour, tel què vous mè sustantez
dè régards, jè viens dè manquer dè mourir et tout
ça pour avoir sauvé un n... dè D... dè bourgeois
qui s'avait f... dans l'eau.

— Pas possible ! mais comment donc qu'c'est arrivé ?

— Ah ! cè une f... affaire, n... dè n...! et tout ça cè encore dè la faute à... à ma colonel quoi !

Maginez-vous què ma colonel il s'autorise à chaque estant dè mè manquer du respect dont què l'homme il est suscestible. Què jè sais f... pas où qu'il a la tête, mais y mè dit toujours què je suis t'un mèlon et autres, què cè vraiment malheureux.

Lè mois dernier, y lisait un bougor dè journal dè n... dè D... dè rien du tout, où qu'on di- sait qu'in j...-f...

què ça fait vraiment dè la peine quoi! il vènait d'être décoré pour s'avoir précautionné dè valeur et courage, pour à seule fin comme lequel dè... jè nè sais quoi.

S'crongnieugnieu! qui mè dit lè colonel, cè pas toi b... dè mélon qui s'rait suscestible dè... dè la chose ! Et jè vous dis pas le reste, vu la chose dè convènance et respect dont l'homme il se doit d'abreuver la jeunesse et sexe que vous êtes.

Jè disais rien dè peur dè froisser lè colonel par répliques et paroles éloquentes, jè voulais pas abu- ser, comprènez, flèrè de passion, mais j'étais pas content.

Dèpuis cè jour-là, quand il sè passait un acte de vaillance ou dévouement, commis par un civil ou militaire, lè colonel y me ref... des mots désagréables par lè nez, si bien qu'un jour j'ai fini par lui dire... en dèdans : N... dè D...! ça peut pas durer cette f... affaire ! et què tu vas bien voir si jè suis t'un mélon.

Comme jè lui disais tout ça en dèdans, j'avais envie dè lè sècouer ferme, mais jè mè suis modéré. J'y aurais bien dit tout haut comprenez, car jè suis t'un gaillard què jè m'en f...! seulement comme què le colonel y m'aurait f... dèdans, j'ai dit cè pas la peine, car si on mè f... dèdans, comment què iè pourrai propager de dévouement au dehors pour lorses? Là-dessus, jè résolus de m'exercer d'abnégation, vaillance et autre, au profit de tout un chacun qui fréquentèrai dè bèsoin dè... dè la chose si... si j'étais là quoi !

N... dè D...! què jè dis, le premier qu'il s'avantagera de suicide ou assassinat personnel, il a qu'à mè lè dire, jè lui enlève son péril, et nous verrons comment què ça sè passera à la fin du compte.

Si je rencontre un oiseau qu'il s'asphyxie de charbon ou denrée n'importe lequel, je lui sacrifie mes jours avec frénésie, què lè colonel il en sera t'humilié n... dè D...! Pour commencer lè... lè machin, jè mé f... dans tous les embarras dè voitures. Il y a toujours là des dames et pétits enfants, pékins et autres

qu'ils sont entre la vie et la mort dè pas vrai? On en écrase tous les jours ; ça sèrait b... malheureux si jè trouvais pas lè moyen dè sauver, quand ça serait qu'un pètit enfant !

Mais jè t'en f...! tous ces n... dè D... dè gens y f... lè camp què c'en était vraiment honteux, on n'écrasait personne.

Vous mé croirez si vous voulez, amour dè mon individu, mais cette lâcheté du bourgeois, il mè dégoûtait à la fin. On a beau dire, mais lè particulier il est bougorment cochon avec lè militaire ! c'què ça pouvait lui f...

dè se faire écraser puisquè j'étais là pour lè sauver et què ça m'aurait fait plaisir !

Non, rien ! Sans compter què cè sales cochers dè mon sac, ils mè f... encore des sottises : Retire-toi, animal! qui sè permettait devers mon anatomie ; F... donc lè camp, imbécile ! qui s'autorisaient dè dire.

Què même un n... dè D... dè j...-f... y m'a f... un coup de fouet un jour, et qui m'a f... par terre en-

core ! J'avais bien essayé de pousser une fois un
gros père sous un omnibus pour tâcher moyen dè lè
retirer après, mais il a pas voulu, cè n... dè D...! y
criait t'y pas à l'assassin ! Spèce d'animal ! j'aï eu
què lè temps de f... lè camp. Dè pour lors, quand
j'ai vu ça, jè m'ai dit : Qu'on les écrase si qu'on veut
jè m'en f...! jè vais sercher aute chose què toutes
ces foutaises.

J'ai f... les voitures dè côté, et quand què j'avais
un estant j'allais flâner dessus les quais et dessus
les ponts, pour surveiller tout un chacun dè particulier, bourgeois ou bourgeoise, m'intentionnant
des noyés.

Lè dimanche, vu la saison et temps chaud, j'allais
à la campagne, où l'homme il se propage dè bains
froids, espérant repêcher un quiconque, pour la

chose de dévouement, mais ça venait pas, on s'accidentait toujours esprès où què j'étais pas.

Un jour tout dè même, après longtemps, je me surexcite d'un homme qu'était très avant dans la rivière, il paraissait, disparaissait, reparaissait què c'était vraiment sè f... du monde. Tout d'un coup il crie au secours et... on ne le voit plus. Bon, què je dis, voilà ma décoration ! J'ôte mon sabre, ma tunique, et... je vois tout plein dè monde qui règardait l'aute qui sè noyait.

N... dè Dieu ! jè crie, y faudrait tâcher moyen dè le sauver tout dè même, et sans faire attention, jè pousse mon voisin, un pékin très bien ficelé et lè voilà dans l'eau. F...! què jè mè dis, j'ai raté mon affaire ! c'est cè pékin qui va être décoré s'il repêche l'autre, mais y va peut-être pas être content què je l'ai submergé avec son chapeau, f... lè camp, car y pourrait bien mè dire des sottises cè cochon-là.

J'oblique à droite avec pétulance et vivacité comprenez, vu què j'aime pas les chicanes, et jè rentre au quartier. Enfin, comme ça commençait à m'embêter, jè dis un jour: C'est pas tout ça, n... dè D...! faut què je repêche quelqu'un, pas à tortiller.

Dè pour lors j'aperçois des pêcheurs à la ligne, assis sur la berge ; oh ! què jè dis, il y en a bien un qui mè fèra l'amitié dè se f... à l'eau !

Je descends, j'étais tout prêt à... à la chose, mais jè t'en f... personne y nè tombait.

Alors tout en mè promènant, jè disais n... dè n... dè n... dè D...! c'est-y pour aujord'hui ou pour dèmain?

Un pêcheur qui vènait d'attraper un sale poisson dè rien du tout y lè f... dans un panier; j'étais arrêté, il mè régarde, et comme j'étais pas content, jè lui f... un œil què c'était ça, cè moi qui vous lè dis.

Cè pierrot y sè remet à pêcher, je m'approche, il sè penche, sè penche, sè penche si tant, qui tènait plus à rien quoi! Alors, pend.nt què les autres pêcheurs y mè voyaient pas, jè lui f... un petit coup dè rien et jè le f... dans l'eau.

J'ôte mon sabre, ma tunique, et v'lan! jè mè f... à l'eau pour repêcher cè bourgeois. Mais va tè faire f...! cè cochon nageait comme pas dè quiconque!

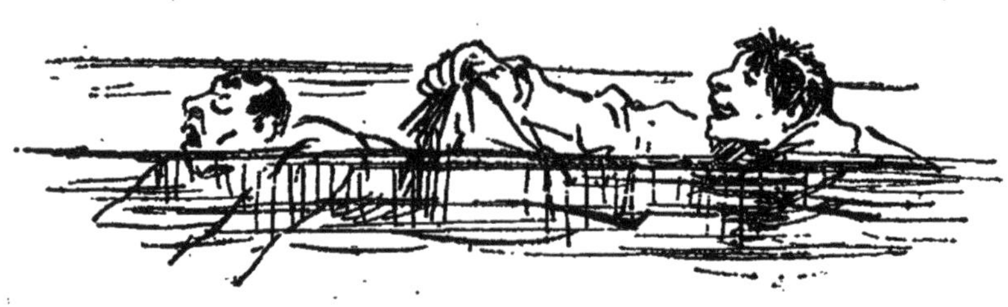

Oh! jè dis n... dè D...! jè m'en f... je t'aurai tout dè même : jè lè poursuis, j'allais l'attraper, mais il mè reconnait, y f... lè camp, je cours après, mais què j'en pouvais plus...!

Je sombre quoi, et c'est cet animal-là qui m'attrape par lè fond dè ma culotte, et qui mè ramène. J'étais t'évanoui, on mè f... au poste, jè reviens à moi, mais cè pêcheur y sè plaint et què ça m'a fait toute une affaire.

Lè commissaire y voulait mè f... dèdans, y se dandinait què j'étais un j...-f.. et y voulait que je donne vingt-cinq francs au pékin.

J'ai été obligé de faire des escuses, dè dire què je l'avais pas fait esprès, alors l'autre a renoncé aux vingt-cinq francs, mais on lui a f... une médaille dè sauvetage.

Comment què vous trouvez lè bouillon, flère d'amour? Aussi maintenant c'est fini. les décorations, jè m'en f...! mais je sauverai plus personne, cè moi qui vous le dis, j'en ai assez d'une fois.

J'ôte mon sabre, ma tunique, et v'lan ! jè mè f... à l'eau...

(Page 103).

AU RAPPORT

La scène se passe à Amiens. C'est en hiver, il fait un froid de chien, le caporal Verdure conduit les hommes de corvée pour le pain.

Le capitaine Vesseron, nouvellement promu, descend la rue des Trois-Cailloux, dévoré de la sourde envie d'affirmer son autorité par un acte un peu remarquable.

En route, les hommes à moitié gelés demandent au caporal Verdure l'autorisation de continuer leur route au pas gymnastique, afin de se réchauffer ; Verdure donne l'autorisation demandée, mais comme il a sa capote qui le réchauffe il continue son chemin au pas.

Le capitaine Vesseron croise les hommes de corvée :

— N... de D...! où allez-vous en courant là comme un tas d'brutes ?

— Cap... capitaine què... què nous allons au pain.

— Au pain! et où est vot' caporal, n... de D...?

— Mais... qu'il est derrière, cap'taine.

— C'ment ça, n... de D...! vous courez, et vous f... là vot' caporal en plan!. M'f'rez chacun quatre jours pour avoir couru en allant au pain, v's'entendez, s'pèce de tourtes? Rompez!

Les hommes tout effarés continuent leur route en grognant comme des enragés, mais sans avoir osé répliquer.

A cinquante pas, le capitaine Vesseron rencontre le caporal Verdure qui s'en allait tout tranquillement :

— Où allez-vous de c'pas, caporal ?

— Mon capitaine, je vais au pain.

— Au pain! Eh bien! où sont vos hommes?

— Ils sont devant, mon capitaine, je...

— Taisez-vous! Pour lors, vos hommes courent devant, et vous les quittez pour vous promener tranquillement les mains dans les poches, comme un rentier!

— Mais, mon...

— Silence n... de D...! m'f'rez quatre jours pour ne pas avoir couru en allant au pain ; rompez !

Et satisfait de son acte sublime, Vesseron descend la rue, l'air superbe, comme s'il avait sauvé la patrie, pendant que Verdure file en sens inverse, absolument interloqué.

Le lendemain, au rapport, le sergent lit au colonel les punitions de la veille :

— 4 jours aux nommés Y..., X..., Z..., de la 2ᵉ du 3, pour avoir couru en allant au pain.

— Ah! couru en... parfait; continuez !

— 4 jours au caporal Verdure, pour ne pas avoir couru en allant au pain.

— Hein ! c'ment ça n... de D...! il courait aussi c't'animal-là ?

— Non, mon...

— Voyons, c'que vous m'f... là, les hommes ont 4 jours, pourquoi ?

— Pour avoir couru en...

— C'que j'disais ; on n'doit jamais courir en allant au... au machin, c't'évident, et l'caporal ayant couru aussi, bien envie d'lui f... huit jours, s'crongnieugnieu !

— Pardon, mon colonel, le caporal ne courait pas en...

— Oui, j'entends bien, n... de D...! n'suis pas une tourte, n'courait pas en allant au... au chose, aurait dû courir, on doit toujours courir en allant à... c'que vous dites ; les hommes n'ayant pas couru, bien envie...

— Pardon, mon colonel, les hommes couraient en...

— Turellement, parbleu ! on doit toujours... courir ou pas, c'que vous m'f... là ! Pour lors vous disiez... ?

(La séance continue.)

A FIN DE BAIL

ᴇ lieutenant Bernard rend visite à un de ses amis; c'est le soir. On fait un brin de musique, on cause, et fatalement, on arrive à parler du colonel Ramollot.

— Dites donc, monsieur Bernard, demande la maîtresse de la maison, êtes-vous toujours tracassé par votre colonel?

— Moi! mais pas du tout, Madame; il m'attrape parfois, c'est vrai, mais deux minutes après il n'y pense seulement plus.

Le capitaine Lorgnegrut — un de mes bons amis — m'a même affirmé qu'il avait une très grande amitié pour moi.

— Ah! oui, ce pauvre capitaine qu'il poursuit sans cesse, et auquel il cherche constamment chicane. Il le déteste donc bien, pour être ainsi toujours après lui?

— Mais pas du tout, Madame, il l'adore.

— Drôle de manière d'adorer les gens, de leur dire toujours des sottises!

— Oh! c'est sans mauvaise intention; le colonel n'est pas méchant, il est emporté, braillard, mais très brave homme.

— C'est égal, à la place de monsieur Lorgnegrut, je serais furieuse de me voir ainsi molestée. Du reste, je l'ai vu, ce capitaine, et on voit bien qu'il a l'air triste.

— Eh bien! Madame, il peut se vanter de tromper son monde, car je vous assure qu'il ne manque pas plus qu'un autre de faire des plaisanteries quand il en trouve l'occasion.

— Vraiment ? Oh ! vous m'étonnez.

— Mais, Madame, je vous l'affirme, et si je pouvais vous dire sa dernière, vous en seriez certaine autant que moi.

Sur ces mots, il n'y eut qu'une voix unanime des assistants pour réclamer l'histoire.

— Mesdames, reprit Bernard, je... je voudrais bien, mais... sans que le récit soit de ceux qu'on ne peut absolument entendre, je dois vous prévenir qu'il est un peu... gaulois.

— Dame ! dit le maître de la maison, si ce n'est que gaulois, et que ces dames consentent à risquer leurs oreilles...

— Gaulois seulement, affirme Bernard, mais gaulois sûrement.

— Eh bien !... eh bien ! allez tout de même, risqua une gentille brunette, vous vous arrêterez si nous vous en prions.

— A la minute, je vous le promets. Toujours est-il que vous me demandez l'histoire, la voici, mais si vous voulez l'entendre jusqu'au bout, il est convenu que vous ne me reprocherez rien.

Les choses ainsi arrêtées, le lieutenant commence :

La semaine dernière, j'étais venu prendre le capitaine Lorgnegrut, nous devions dîner le soir avec des amis ; je monte, il était prêt, mais ayant eu à travailler dans la journée, il n'avait pas pris le temps de se faire raser.

Qu'importe ! lui dis-je, nous sommes en avance, tu te feras raser en route, chez le premier perruquier venu.

Nous partons, et tout en causant, il ne pensait plus à sa barbe, quand, au moment d'arriver, il

finit par se souvenir de son état peu présentable.
Nous guettons alors, nous n'avions pas le choix, et
nous trouvons enfin une boutique
toute dégarnie d'ornements, à
moitié vide, mais éclairée. Nous
entrons à tout hasard, et nous aper-
cevons là, seul et l'air très ennuyé,
un homme en bras de chemise, le
démêloir emmanché dans une che-
velure étonnante de laisser-aller :
c'était le perruquier.

Il avance l'unique fauteuil de la
boutique au capitaine, finit par me
dénicher une mauvaise chaise, et il commence son
opération.

Lorgnegrut, barbouillé de savon, s'apprêtait à
tendre le cou, lorsque ce per-
ruquier nous dit : Pardon,
Messieurs, vous permettez ?

Et, sans attendre notre réponse, il va se planter dans
un angle de la boutique, dans
la situation d'un homme qui...
lirait une affiche.

Il ne lisait rien du tout, et
nous fûmes immédiatement
fixés sur son... opération, à notre grand étonnement.

— Comment ! ne put s'empêcher de dire Lorgnegrut, là !... comme ça !... dans... dans la boutique !...

— Oh ! Monsieur, répond tranquillement le
perruquier, ce n'est pas mon habitude, mais ce
soir, ça m'est égal, je suis à fin de bail, et je m'en
vas demain.

— Ah ! c'est différent, répond Lorgnegrut.

Le perruquier passe ses mains à l'eau, puis revient raser le capitaine; il lui met de la poudre, lui donne un coup de peigne, un coup de brosse, et le délivre de son peignoir.

— Voilà, Monsieur!

— Merci! combien vous dois-je?

— Cinquante centimes.

— Voilà.

— Merci, Monsieur.

J'avais déjà la main sur le bec-de-cane, lorsque j'aperçois Lorgnegrut qui s'était posé dans un coin, et qui, de l'air le plus innocent du monde, retirait sa culotte en se baissant.

— Eh!... eh bien! Monsieur, y pensez-vous! s'écrie le perruquier; comment... dans la boutique!

— Ce n'est pas mon habitude, répond le capitaine, mais ce soir, je m'en f..., j'm'en vas tout d'suite!

Le Gérant : GENAY.

PARIS. — IMPRIMERIE CHARLES BLOT, RUE BLEUE, 7.

HISTOIRES

DU

COLONEL RAMOLLOT

LES PETITES AFFICHES

Ayant obtenu un rendez-vous galant — chose rare, car il était relativement chaste — le capitaine Lorgnegrut s'empressait de s'y rendre; c'était au chemin de fer, heure fixe, il n'avait pas une minute à perdre. Le capitaine se pressait donc, la joie au cœur, mais cette joie fut de courte durée, car ayant le nez en l'air comme tous les vainqueurs, il aperçut à quelques pas, de l'autre côté de la rue, le colonel Ramollot qui paraissait très en colère.

Baissant aussitôt les yeux et prenant une mine sérieuse d'homme préoccupé, le capitaine continua sa route raide comme balle, espérant échapper aux regards furibonds de son supérieur; espérance folle! car bientôt il entendit un : P'sitt! bien connu, trop connu!

S'il m'empoigne, se dit Lorgnegrut, je suis f...! il va encore me tenir pendant une heure, et au diable mon rendez-vous !

Et il continua son chemin sans détourner la tête, comme un homme trop absorbé pour rien entendre.

Un nouveau : P'sitt! cap'taine! ne lui laissa plus de doute, le colonel ne voulait décidément pas le lâcher.

Dans toute autre circonstance, Lorgnegrut n'aurait pas hésité à se rendre à l'appel, mais cette fois, c'était énervant, et quoi qu'il en dût arriver, il était décidé à ne pas répondre; seulement le colonel n'était pas un homme à le manquer, il aurait plutôt couru après lui pendant une heure, en criant des : P'sitt! cap'taine! à n'en plus finir.

Continuer tranquillement son chemin, c'était se faire pincer sûrement; se mettre à courir, c'était montrer trop clairement l'intention d'éviter le colonel.

Lorgnegrut n'avait plus qu'une ressource — et il en usa, du reste: — se jeter dans la première porte venue, et attendre que le colonel fût passé.

Dans son refuge, le capitaine guettait donc avec anxiété, mais Ramollot, têtu comme le diable, traversait la rue, prêt à enfiler la même porte. Impossible de lui échapper!

— N... de D...! s'écrie le capitaine, je suis f...!

Le péril le rend cependant sagace, et à tout hasard il grimpe au premier étage, mais il y était à peine, que par-dessus la rampe il aperçoit le colonel qui se disposait à en faire autant. La retraite était coupée, plus moyen de l'éviter, alors se voyant perdu, le capitaine tourne précipitamment le bouton d'une porte sur laquelle on lisait :

C. MOUCHALOUETTE
OPTICIEN
Entrée des Magasins.

il entre et referme doucement la porte, pour éviter de donner la moindre indication au colonel, qu'il sentait sur ses talons et qu'il entendait pousser des s'crongnieugnieu! significatifs.

Un monsieur bien, l'air pas trop intelligent, arrive à sa rencontre.

— Vous désirez, Monsieur?

— Monsieur, c'est..... c'est une affaire assez dé-licate, je...

— Ah! je vois ce que c'est, je sais; en-trez donc dans mon bureau.

Lorgnegrut s'y précipite d'autant plus vite qu'il a entendu ouvrir la porte et qu'il a de-viné le colonel dans ce nouvel arrivant.

— Monsieur! Monsieur! s'em-

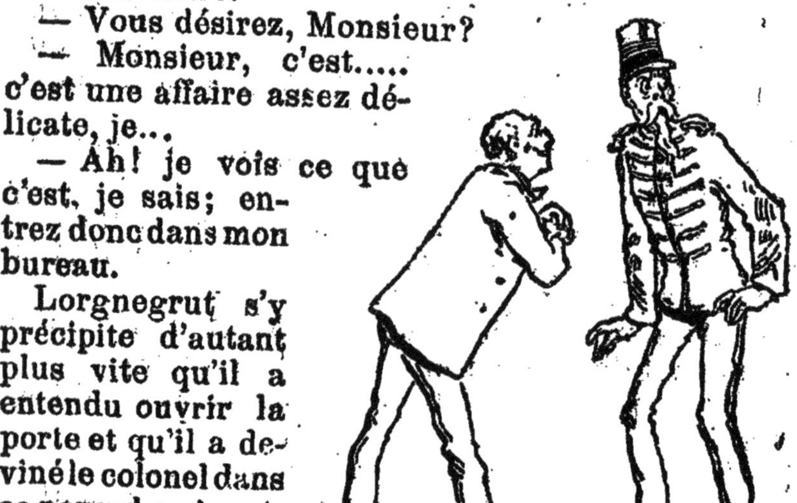

presse-t-il de dire au marchand qui s'apprêtait à rentrer dans le magasin, ce doit être mon colonel, pas un mot, je vous prie, j'ai... j'ai mes raisons, et je vous les donnerai tout à l'heure.

C'était bien le colonel, en effet; il était là, regardant de tous côtés d'un air effaré :

— Monsieur, vous... désirez?

— Moi? mais rien du tout, n... de D...!

— Ah! je... je croyais que monsieur venait pour...

— Vos sales lunettes? c'que vous voulez qu'j'en f...?

Et, superbe de dédain, le colonel sortit en murmurant :

— S'crongnieugnieu!

où est-il passé c'n... de D...-là? Faut qu'je l'trouve c'pendant! J'vais voir plus haut.

Voir plus haut! Décidément, il n'était pas près de sortir de la maison, Lorgnegrut savait à quoi s'en tenir; son rendez-vous était manqué, soit! mais il avait mis dans sa tête d'échapper au colonel, il était décidé à tout pour y arriver.

— Alors, nous disions donc, fit M. Mouchalouette en rentrant dans le bureau, que vous veniez...?

— Oui, je.... en effet, je... comme vous dites, mais...

— Et votre colonel, c'est ce monsieur qui...

— Qui sort d'ici; il me cherche, je le sais, seulement dans ces affaires-là, vous comprenez, on aime mieux... car enfin, je ne vous ai pas tout dit, mais vous avez peut-être deviné : histoire de femme...

— Oui, oui, je... j'y suis; que ça se fasse ou non, on n'aime pas...

— Naturellement!

— Alors, vous avez vu la personne qui...

—Mon Dieu non, il était convenu que c'était pour aujourd'hui. Mais maintenant, à l'heure qu'il est...

— Ça ne fait rien, vous allez dîner avec nous, seulement pas un mot, c'est une idée à moi ; je dirai que vous êtes un ami, que je vous ai retenu, et ce soir nous reparlerons de ça tous les deux. Voilà qu'il est six heures, je vais fermer, ce qui n'est pas long, je n'ai qu'à retirer le crochet du bouton de la porte.

A ce moment, madame Mouchalouette, une brune fort appétissante, quoiqu'elle eût dépassé la trentaine, entrait par une porte voisine qui communiquait à l'appartement.

— Ma bonne amie, lui dit son mari, je te présente monsieur, qui vient pour la... pour la chose, tu sais ?

— Ah ! parfaitement ! Enchantée de vous recevoir, Monsieur, vous avez vu la personne...

— Mon Dieu non, Madame, je...

— Mais asseyez-vous donc, je vous prie.

— Je... seulement c'était convenu pour aujourd'hui, et...

— Tiens! c'est étonnant qu'on ne nous ait pas prévenus, n'est-ce pas, Casimir?

— En effet, ma bonne amie, mais qu'est-ce que ça fait, monsieur n'en est pas moins le bienvenu. Vous dînez avec nous, c'est entendu, n'est-ce pas ?

Lorgnegrut, qui ne comprenait rien à sa situation et qui flairait une méprise, avait bien envie de s'en aller, mais un s'crongnieugnieu ! retentissant vint frapper son oreille: le colonel était encore en train de le chercher dans l'escalier, et il préféra rester.

— Vous connaissez d'avance nos conditions, n'est-ce pas, Monsieur ?

Bon ! pensa le capitaine, voilà des gens qui veulent me vendre leur fonds.

— Après dîner, ma bonne amie ! mais j'ai prévenu monsieur ; pas un mot à table, à cause de ta sœur et de ton beau-frère que la... chose ne regarde pas, après nous verrons.

Quelques instants plus tard, on était à table et Mouchalouette appelait Lorgnegrut *mon vieux*, afin, lui avait-il dit, de mieux cacher la chose *aux autres*.

Le capitaine était placé entre madame Mouchalouette et sa fille; le repas fut très gai, et tandis que la famille composée d'une vieille tante, du beau-frère et de la sœur, potinaient sur le dos des connaissances, Mouchalouette entraîna Lorgnegrut dans son bureau en lui disant : Dis donc, mon vieux, viens donc voir quelque chose !

Quand les deux hommes furent seuls : — Ce n'est pas tout ça, dit le marchand de lunettes, maintenant causons sérieusement. Madame Cresson vous a dit sans doute quelles étaient nos idées, nos désirs et nos conditions ?

— Vos... je ne... je ne saisis pas très bien !

— Enfin, vous n'êtes cependant pas venu ici en aveugle; du reste, tenez, voici l'avis.

Et Mouchalouette tirant un numéro de journal de sa poche, mit sous les yeux de Lorgnegrut les lignes suivantes :

Mariages. — On Demande pour jeune fille, 20 ans, dot 60,000 fr., officier français, célibataire ou veuf sans enfants.

— Ah! oui, reprit Lorgnegrut mis enfin au fait de ce qu'on attendait de lui, oui, parfaitement, je... je sais bien, mais je ne sais que cela. Je suis officier français, votre fille a 20 ans et 60.000 francs de dot, c'est très bien, mais enfin ça ne suffit pas pour

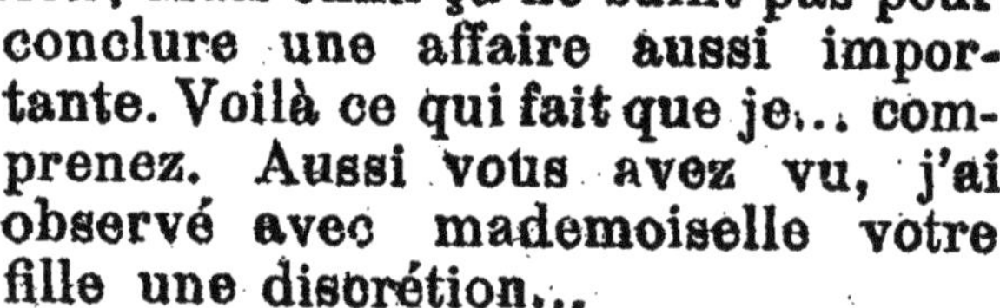

conclure une affaire aussi importante. Voilà ce qui fait que je... comprenez. Aussi vous avez vu, j'ai observé avec mademoiselle votre fille une discrétion...

— Parfaite, c'est vrai, mais enfin... comment la trouvez-vous ?

— Charmante, oh! charmante ! seulement nous ne nous connaissons guère ; croyez-vous qu'avant d'avoir mon avis, il ne serait pas bon d'avoir un peu le sien ?

— Sans doute, mais il ne me déplairait pas d'être fixé de votre côté; il ne vous reste plus qu'à vous faire mieux connaître, cher Monsieur, et je suis persuadé que tout ira pour le mieux de nos désirs.

Rentré au milieu de la famille qui potinait toujours, le capitaine, bien résolu à ne pas se marier, ne savait comment se rendre désagréable à la jeune fille, il n'y tenait du reste pas absolument, mais il fallait à tout prix rompre avec cette famille. Il ne trouva qu'une ressource : mettre la conversation sur la politique.

En moins de cinquante minutes il trouva le moyen de traiter le beau-frère de j...-f... et de gifler le marchand de lunettes, qui n'avaient pas craint d'afficher leurs opinions bonapartistes.

— Quand pourrai-je revenir pour causer de notre petite affaire ? demanda-t-il pourtant, d'un air candide, à madame Mouchalouette qui le reconduisait quelques instants après jusqu'à la porte.

Très bien élevée madame Mouchalouette, mais elle ne put cependant se contenir davantage, et tout en faisant au capitaine des yeux furibonds : Je pense, dit-elle, que vous vous f... du monde !

Et sans attendre de réponse, elle lui poussa très fort la porte sur la figure.

Et voilà comment Lorgnegrut manqua dans la même journée un rendez-vous, un mariage et son colonel.

Il trouva le moyen de traiter le beau-frère de j...-f.....
et de gifler le marchand de lunettes. (Page 120)

VICTOIRE INUTILE

— Cap'taine, j'vous estime, vous savez qu'j'ai pour vous une n... de D... d'amitié vraiment r'marquable, mais vous en abusez pour me contrarier tout l'temps et j'n'aime pas ça. Faut toujours que j'vous donne raison et... ça d'vient embêtant à la fin. V'n'êtes jamais d'l'avis d'personne et vous n'voulez jamais rien céder quand on vous cause de n'importe lequel ou autre, si vous croyez qu'c'est amusant! N'suis pas comme ça moi, parc'que j'trouve que c'est un tort s'crongnieugnieu ! c't'un tort, c'est moi qui vous l'communique, voyez qu'je n'vous l'f... pas dans un sac.

— Mais cependant, mon colonel...

— Là!... quand j'vous l'disais! v'là encore que vous n'êtes pas d'mon avis! Mais s'crongnieugnieu! tâchez donc moyen d'toujours dire comme moi et d'vous corriger d'cette f... manie. Dans la vie faut mettre de la bonne volonté dans les r'lations! Ainsi, t'nez, vous allez voir c'que c'est qu'l'entêtement et à quoi ça avance les gens.

Tantôt j'passais près du square Montholon, et, je n'sais pas si vous l'savez, mais ç'jardin est incrusté d'un chalet comme lequel de..., comprenez, pas vrai?

— Oui, mon colonel.

— J'flânais, m'prom'nais aussi tranquillement que n'importe quel quiconque, quand j'vois deux particuliers qui arrivaient viv'ment en sens inverse. Pinçaient l'bec, semblaient gênés et s'précipitent en même temps à la porte de c'machin; il y avait un p'tit gros père et un grand sec.

La clientèle donnait ferme sans doute à c'moment, car, étant près d'la boutique, j'entends la marchande qui criait comme une tourte : Mais quand j'vous dis qu'il n'y en a qu'un de libre!

Pour lors, j'm'arrête et j'vois mes deux particuliers qui cherchaient l'un et l'autre à s'payer la p'tite affaire.

— Pardon, Monsieur, criait l'gros en gesticulant, mais j'étais là bien avant vous et je ne vois pas pourquoi...

— Vous! jamais d'la vie! répond l'sec en cherchant à s'débarrasser du bonhomme qui l'tirait par la manche.

— Enfin, Monsieur, je sais ce que je dis, d'ailleurs je suis pressé, je suis même très pressé, je... je ne puis attendre davantage et je n'endurerai pas que vous me chipiez ma place.

— Mais moi aussi je suis pressé, croyez-vous donc que je viens ici pour m'amuser?

Et il flanque une poussée au gros père. Pour lors le gros père furieux saute sur le sec, il se pend à sa redingote en tirant dessus comme un vrai n... de D...!

Espérant se défaire du gros papa, le sec lui empoigne son chapeau et l'f... à travers la rue ; loin d'arranger les affaires, quand l'vieux voit ça, il f.... une giff'e à l'aut'e chien, et voilà mes deux gaillards qui s'empoignent et qui s'f... une volée superbe.

Enfin l'gros roule les quatre pattes en l'air, et voilà l'sec débarrassé d'lui, mais au moment d'entrer dans l'machin il s'arrête net, tâte sa culotte, et s'écrie d'un air embêté : N... de D...!... et il file sans s'arrêter.

Pendant c'temps, l'gros papa s'était relevé : Entrez donc, Monsieur, lui dit la marchande.

Ah ! maint'nant, lui répond-il, en portant lui aussi la main à sa culotte... c'est pas la peine, et il file à son tour d'un air très contrarié.

Comprenez c'qui s'était passé ?

— Oui, mon colonel.

—Eh bien ! méfiez-vous, cap'taine, car avec vot'e f... manie de n'jamais vouloir céder, verrez qui vous en arriv'ra autant.

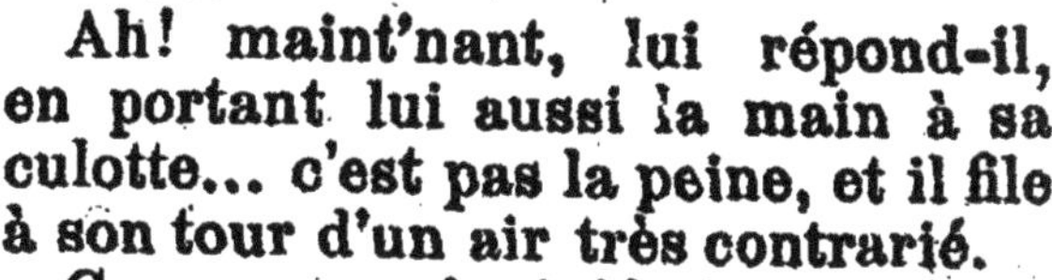

MIRACLE

INTEAU paraît très absorbé, il a l'air d'avoir une idée fixe, de ruminer quelque chose.

— A quoi penses-tu donc, espèce de tourte ? tu as encore fait quéque bêtise j'parie.

— Une bêtise? mais jè... jè crois pas ma colonel.

— Eh bien ! pour lors c'que tu as à me r'garder avec un œil de m'lon d'puis une heure ?

— C'est... c'est què jè voudrais bien demander quelque chose à ma colonel, mais... mais què j'osè pas.

— Encore une carotte, pas vrai?

— Non, ma... colonel, cé... cé pas unè carotte, cé un renseignement.

— C'que c'est que c'renseignement ?

— Eh bien! ma colonel, comme y pleuvait à cè matin, jè m'ai entré dans l'église, et què le curé y disait què la trinité c'était un miracle, et... et jè sais pas cè que c'est qu'un miracle, dè pour lors, si ma colonel y... y voulait bien s'honorer dè... dè la chose.

— Miracle! un... miracle!

— Oui ma colonel.

— Mais, n... de D...! c'pas diff'cile à comprendre, c'est... c'est une chose qu'on ne comprend pas, comprends-tu ?

— Je comprends bien què... què jè comprends pas, ma colonel.

— C'ment ça n... de D...! tu n'comprends pas qu'tu n'peux pas comprendre que c'est une... tout ça tout autre...?

— Jè comprends bien un peu, mais je comprends plus què... què je comprends pas, ma colonel.

— S'crongnieugnieu! c'est c'pendant bien facile, quand tu me r'gard'ras avec ton œil de couenne, espèce de m'lon. Tiens, du reste, attends, j'vais t'montrer c'que c'est qu'un miracle : r'tourne-toi.

Pinteau se retourne, et le colonel lui envoie un superbe coup de pied dans le derrière.

Saisissement de Pinteau, qui se retire vivement sans attendre une nouvelle manifestation.

— Eh bien! l'as-tu senti ?

— Mais,... mais oui, ma... ma colonel.

— M'étonne pas, s'crongnieugnieu ! c'est tout naturel, s'ment si tu n'l'avais pas senti, ça s'rait un miracle.

Et maintenant Pinteau va répétant partout : Un miracle ! c'est pas malin, j'sais c'que c'est.

— Quoi donc, qu'est-ce que c'est ?

— Eh bien! c'est quand on vous f... un coup d'pied dans l'c... et qu'on n's'en aperçoit pas.

LES COMMANDEMENTS DU TROUPIER

E colonel Ramollot lit tranquillement le journal, il ne prête aucune attention à Pinteau, qui tourne et retourne autour de lui. Ce dernier, qui semble fort embarrassé, n'ose cependant lui adresser la parole; il tient un papier à la main, et le parcourt d'un air satisfait en poussant des : hum ! intentionnels.

— S'crongnieugnieu! c'que tu t'es donc f... dans l'bec, s'pèce de tourte, que tu n'peux pas v'nir à bout d'l'avaler ?

— Ma... mon colonel, jè m'ai rien f... dans lè... machin, jè...

— Eh ben! pour lors n... de D... ! c'que tu m'entortilles avec tes hum! qui m'fracassent le tempérament ?

— Mon colonel, cé... cé pour la chose...

— Quelle chose s'crongnieugnieu?

— La chose dè..., dè poyiésie, ma colonel, dè... dè poyiésie quoi !

— Signifie poyiésie? t'as... t'as f... d'la poyiésie?

— C'é un petit... un petit quatrain, ma colonel, et si ma... ma colonel, il voulait bien sè favoriser dé... dè la chose, jè crois qui fréquent'rait d'approbation quoi !

— C'que c'est qu'ton machin?

— Ma... ma colonel, cé... cé les commandèments du troupier.

— Command... hein! command'ments du... qu'les

hommes se trouv'raient susceptibles !... voyons n...
de D...! lis-moi ton... ton chose.

— Voilà, ma colonel :

> Lè colonel què t'adorèras
> Et respecquettera parfaitèment.
>
> Vu què si tu t'en f...teras
> C'est lui qui te f...tra dèdans.
>
> A tes parents quand t'écriras
> Tu diras què tès bien content.
>
> Et qu'encore plus tu lè seras
> Si te f...taient un peu d'argent.
>
> Què d'abord il t'en faudera
> Pour compléter ton fourniment.
>
> Au quartier tu rentreras
> Pas plus tard què lè règlement.
>
> Où tu verras cè qu'arriv'ra
> Si tès pigé par lè sergent.
>
> Ton avis toujours il sera
> Celui dè ton gouvernèment.
>
> Què plus tard pour lors t'arriv'ra
> A dès grades très étonnants.
>
> Maréchal pet-être sera
> Si què tu crèves pas avant.

— Voilà ma... ma colonel lè... lè machin quoi !

— C't'idiot n... de D...! c'pendant y a une bonne chose là dedans, tu r'commandes de respecter l'colonel pas vrai ?

— Oui mon...

— Eh bien ! ça suffit s'crongnieugnieu ! passe-moi c'papier, l'f'rai afficher dans la cour du quartier.

Le Gérant : GENAY

PARIS. — IMPRIMERIE CHARLES BLOT, RUE BLEUE, 7.

HISTOIRES
DU
COLONEL RAMOLLOT

LE PROTÉGÉ DU COLONEL

ESTOR Duplumet, jeune homme de bonne famille, dix-neuf ans, beau garçon, annonçait de superbes dispositions pour faire la noce.

Il avait même donné de si admirables preuves de ses capacités à cet égard que, par suite de fantaisies par trop bizarres, il s'était vu dans l'obligation de suivre le conseil paternel : s'engager.

La maman, très faible, gémissait de la cruauté de papa, mais papa avait été inflexible, et Nestor était parti.

Madame Duplumet mère bouda monsieur Duplumet père, et sans confier son
projet à personne, elle vint un
beau jour trouver le colonel de
son fils, c'est-à-dire le colonel
Ramollot.

— D'mandez, Madame ?

— Pardon, Monsieur, vous êtes
bien monsieur le colonel Ramollot ?

— Mais... j'n'ai pas l'habitude
d'être ma belle-sœur.

— C'est vrai, Monsieur, vous... vous êtes bien
connu, et...

— Pour lors, Madame, si vous m'connaissez,
d'vez voir qui n'y a pas d'erreur, et que j'suis fec-
tiv'ment... c't'évident !

— Monsieur,
je suis madame
Duplumet.

— Du... ma-
dame Du....,
asseyez-vous
donc, j'vous en
prie, madame
Plumet.

Ah ! vous êtes
ma... madame
Plumet ! très... très flatté, croyez bien, madame
du... d'la chose ; madame Plu... connais pas !

— Mon Dieu, monsieur le colonel, je suis la
mère...

— Plumet, oui, j'entends bien, n'suis pas aveugle,
s'ment j'vous dis, connais pas. Ça n'fait rien, du
reste, continuez.

— Mon fils fait partie de... de votre régiment, et...

— N'm'étonne pas, Madame, n'm'étonne pas, j'y suis habitué.

— Ah ! vous...

— Fait'ment! mais ça n'fait rien, continuez, j'vous prie, s'ment j'dois vous dire que... que ça m'semble très difficile.

— Vraiment, vous...

— Evidemment! je n'sais pas encore c'que vous d'mandez, j'vous l'f'rai r'marquer, mais je l'devine ; or, d'après c'que vous dites, ce... mais d'abord, qu'est-ce que c'est que c'garçon-là, qu'est-ce qui veut encore, Plumet, quelle compagnie ?

— Monsieur, il est de la 3e compagnie, 2e bataillon.

— Troisième compagnie ! diable !... Deux... mais enfin, Madame, c'que vous d'mandez ?

— Je...

— Car, n'vous le r'proche pas, mais v'là une heure que j'vous d'mande c'que vous voulez, et vous n'dites rien ; bien envie de l'f... dedans, vot'e petit Plumet, qu'je connais s'ment pas.

— Monsieur, c'est une mère...

— Qui ça ? vot'e fils ! vot'e fils est une mère, maint'nant. Ah çà ! voyons, c'que ça s'rait la cantinière ?

— Non, Monsieur ; la mère c'est moi, et je viens vous demander de vouloir bien avoir pour mon fils un peu d'indulgence.

— J'm'en doutais, nom de nom ! j'm'en doutais ! c'que j'vous disais encore il y a cinq minutes ?

— Oui, je... c'est vrai, Monsieur, vous... vous avez raison.

— Je l'sais parbleu bien, qu'j'ai raison ! toujours raison, d'abord, moi, Madame. Indulgence ! indulgence ! pourquoi indulgence ?

Qui s'conduise bien, s'crongnieugnieu! n'aura pas besoin d'indulgence, signifie ?

Pour lors, d'après c'que vous m'imbibez, Madame, vous d'mandez qu'vot'e fils fasse une vie d'polichinelle et que j'trouve ça charmant !

— Oh! je ne...

— Enfin, Madame, j'suis bon enfant, mais n'faut pas m'prendre pour une tourte. Mon régiment, tout le monde vous l'dira, c'est un régiment d'avantgarde, tendez bien c'que j'vous parle ; et j'n'endur'rai pas qu'Plumet plus qu'un autre donne le mauvais exemple aux hommes de sa compagnie.

— Oh! je vous comprends bien, monsieur le colonel, je vous demandais seulement de ne pas avoir pour lui une... comment dirais-je, une... sévérité...

— Oui, qu'je n'dise rien, quoi! Eh bien! Madame, soyez tranquille, il sera tout aussi bien qu'les autres, j'suis l'père du régiment, c'est connu, s'ment

qui n'se f... pas sous l'coup du 2 novembre 33, v'là tout c'que j'lui d'mande.

Dites-lui vous-même : N'te f... pas sous l'coup du 2 novembre 33, et tu n'auras rien à craindre. Car c'n'est pas moi qui punis les hommes, sachez-le bien, Madame, c'est l'deux novembre 33. Connaissez évidemment l'deux novembre 33 ?

— Mon Dieu, non, monsieur le colonel.

— Vous n'connaissez pas ! ça, par exemple, c'est curieux, et vous m'transvasez d'étonnement, croyez-le bien. Comment, vous !... enfin, ça n'fait rien, s'ment, je n'crains pas d'vous l'dire : la première cantinière venue vous dira elle-même que c'est incroyable, parole d'honneur !

— Maintenant, colonel, Nestor est un garçon instruit...

— Qui ça Nestor ?

— Mon fils.

— Bon ! v'là qui s'appelle Nestor maint'nant, j'croyais qui s'app'lait Plumet, d'après c'que vous m'disiez ?

— Oui, il s'appelle Nestor Plumet.

— C'est c'que j'disais. Garçon instruit, pas vrai ?

— En effet, et avec un peu de protection, la vôtre, colonel, je suis sûre...

— Protection ! pourquoi protection ? Plaie des régiments, les protégés, n'f... rien, veulent arriver, mauvais exemple.

— Oh ! mais, colonel, Nestor travaillera, soyez-en certain.

— Pour lors, c'est différent ; si travaille, verrons ça. Comptez sur moi, Madame, j'aurai l'œil dessus.

La maman Duplumet remercie chaudement le colonel, et, pleine d'espoir, elle rentre au logis, sans dire un mot de sa démarche à son mari, qui ne serait pas content, et sans rien faire savoir à son fils, de peur que, se sentant soutenu en haut lieu, il ne se livre à quelque incartade.

Resté seul, le colonel donne un libre cours à sa bile :

S'crongnieugnieu ! ? signifie : Indulgence, protection ! j't'en f... !

Deux novembre 33, n'connais qu'ça, n... de D...!

Pour commencer, allons l'voir c't'animal : qu'une parole ! Promis d'avoir l'œil dessus ; [si je l'lâche d'une semelle, il aura d'la chance.

Et, sur-le-champ, il demande le soldat Duplumet de la 3ᵉ du 2, et vivement. Duplumet accourt :

— Dites-moi, mon garçon, j'viens d'voir vot' mère, femme très bien.

— J'ignorais, mon colonel...

— J'm'en f... ! pas b'soin de m'couper pour ça,
s'pèce de brute. M'a dit d'avoir l'œil sur vous, j'lui
ai promis, tendez bien c'que j'vous parle, pas vrai ?
— Oui mon...
— Taisez-vous, n... de D...! lui ai promis d'vous
faire arriver ; qu'une parole, v's'arriv'rez, à quoi ?
j'n'en sais rien ; ça n'fait rien, v's'arriv'rez tout
d'même. S'ment, pour parvenir, faudra donner
l'exemple aux camarades, n'connais qu'ça. O'que
vous f... quand j'vous ai fait d'mander, v's'étiez au
quartier ?
— Oui, mon colonel, j'allais sortir en ville...
— Hein ! sortir en ville ! avec des souliers vrai-
semblablement à çui-ci !

— Mon colonel, c'est en venant que je me suis sali, j'ai couru...

— J'm'en f..., n... de D...! v's'allez rentrer, et vous implorerez d'ma part huit jours de salle de police pour vous montrer dans un état pareil devant vot' s'périor. Quant au sergent de garde, vous lui communiqu'rez qu'il s'avantage de quatre jours pour la..... la chose, quoi, comprenez. Rompez!

Depuis ce jour mémorable, le colonel s'occupe activement de son *protégé*, et à l'heure actuelle, il est question de le faire *arriver* aux compagnies de discipline.

Je l'sais parbleu bien, qu'j'ai raison ! toujours raison,
d'abord, moi.   (Page 131)

LE SECRET DU COCU

Le colonel Ramollot discute avec un bonhomme, qu'il rencontre en voyage, sur la vertu des femmes:

— S'crongnieugnieu! M'sieu, m'direz c'que vous voudrez, mais j'dis qu'quand on est cocu, qu'on l'sait... eh bien! j'dis qu'ça n'doit f... pas faire plaisir, c'que vous m'f... là!

— Mon Dieu... ça dépend.

— C'ment ça! c'ment ça! des tourtes pour lors, des j...-f...!

— Eh! mais non, je vous assure; ainsi par exemple, quand la femme ne sait pas que le mari est cocu...

— Ça par x'emple c'trop fort! c'que vous auriez qui d'vouloir vous gondoler d'plaisant'ries à mon détritus?

— Pas du tout, ça c'est vu; ainsi tenez, moi, Monsieur, je puis vous le dire puisque nous sommes seuls: Je suis cocu, absolument cocu, eh bien! ma femme n'en sait absolument rien, ni elle ni l'individu qui m'a causé cet inconvénient.

— N... de D...! n's'rais pas fâché d'apprendre...

— Oh! c'est bien simple : il y a déjà longtemps que la chose est arrivée, et voici comment :

Je n'ai jamais été ce qu'on appelle un fendant, ma femme avait des prétentions... modestes, heureusement, vu mes... moyens.

D'un autre côté, en ménage, vous le savez, il n'y a pas de surprise, c'est de la vieille nouveauté, et toujours du même plat...

— C't'embêtant, oui, j'connais ça.

— Parfaitement. Ma femme n'ayant que des... exigences modérées, cela me permettait de faire quelques petites libéralités au dehors sur mes... économies.

— Oui, j'comprends, f'siez la noce, quoi!

— Peu, très peu, mais enfin de temps en temps.

Quelques années après notre mariage, cette vie en partie double m'avait obligé cependant à modérer mes... dépenses domestiques, et quoique peu coquette, ma femme en était venue à me reprocher certaines fois ma parcimonie, mais enfin quand on n'a pas... d'argent...

— Oui, j'y suis, s'crongnieugnieu! pas une tourte, pas moyen d'f... un centime dans l'tronc.

— Comme vous dites. Il faut dire que je mettais mes fonds de côté, à l'intention d'une petite mâtine de domestique qui venait d'entrer à notre service. Une petite fille charmante, une brune, blanche comme un poulet, et des yeux bleus. Les hanches accusées...

— Du jambonneau à la d'vanture, des dents superbes, j'vois ça d'ici, et pour lors...

— J'en devins amoureux. Dépenser mon petit avoir avec ma femme, c'était compromettre l'avenir, me rendre peut-être ridicule le jour où Julie consentirait enfin à. . comprenez ?

— Fait'ment! fait'ment ! mais je n'vois f... pas...

— Attendez donc. Je fis ma cour comme bien vous pensez, la petite résistait, mais je me disais : C'est une affaire de temps; je pris patience, et un beau jour... elle finit par me donner rendez-vous pour le soir à minuit dans sa chambre, une chambre que nous avions au sixième, une chambre de bonne.

Ma femme me tourmentait pour avoir... une petite somme, il y avait déjà bien des jours, mais vous comprenez que ce n'était pas pour moi le moment de jeter mon argent par la fenêtre.

Ce jour même, un de mes parents, un cousin m'arrive de province; il venait s'installer chez nous pour vingt-quatre heures, on lui fait un lit dans le petit salon, une petite pièce qui communiquait avec ma chambre d'un côté, de l'autre avec la chambre de ma femme.

Impossible de le mettre à la porte, mais ça m'embêtait, parce que pour monter chez Julie, je devais passer par sa chambre.

Ma foi je me décide à lui raconter ma petite affaire le tantôt, mais voilà un animal qui me dit que j'ai tort, que ma femme saura tôt ou tard ce qui se passe, et que si pour se venger elle me fait cocu, je n'aurai que ce que je mérite.

Enfin il m'en dit de toutes les couleurs et pour qu'il me fiche la paix, je finis par dire comme lui.

Seulement, lui dis-je, tu comprends que c'est ennuyeux tout de même, cette fille m'attend, ma femme me blague quelquefois, à mots couverts, il est vrai, mais ne me voyant pas, elle croira décidément que je suis un vieux ramolli, et c'est toujours désagréable. Je ne suis pas de fer, mais je ne voudrais cependant pas passer pour être de bois.

Eh bien! écoute, me dit-il, on peut sauver les apparences; je me rendrai chez elle à ta place, je redescendrai de bonne heure, je suis garçon, ça n'a pas de conséquence, et de la sorte, tu te seras conduit sagement, la petite n'aura rien à dire et ta femme n'aura rien à te reprocher plus tard.

Comme cet animal m'avait bouleversé à l'idée que ma femme pourrait me faire cocu, j'accepte son projet, en me disant : Bah! cette nuit j'irai frapper à sa porte, après tout ça vaut encore mieux, il a raison.

Ce que je ne savais pas, par exemple, c'est que cette mâtine de Julie avait averti ma femme de ce qui devait se passer.

Je l'embêtais, paraît-il, et pour mettre fin à mes obsessions, elle avait combiné cette affaire de manière à se débarrasser de moi en me faisant prendre sur le fait.

On dîne, on cause, on se couche, et à minuit, mon cousin grimpe doucement au sixième où on l'attendait sans lumière la porte entr'ouverte.

Profitant de son départ, je traverse sa chambre vide, et je vais frapper à la porte de ma femme, mais rien, Monsieur... elle avait poussé le verrou.

Ça m'embêtait, mais faire du bruit la nuit, je n'aime pas ça, et tout en bougonnant je retourne me coucher.

En me réveillant, j'entends ronfler, c'était mon cousin qui était redescendu au petit jour pendant mon sommeil, et que je n'avais pas entendu rentrer.

— Eh bien ! lui dis-je, quand il fut réveillé.

— Charmant, mon cher, charmant, mais ne t'y frotte pas, tu sais, tu y laisserais ta... ta fortune.

— Ah ! fichtre, alors j'ai bien fait, tu fais bien de me prévenir.

— Ah ! mon ami ! j'ai dû abandonner la place, je n'avais plus... plus un centime sur moi.

— Bah !... ah bien ! merci, pas fâché de savoir ça.

Mon cousin s'habille, et quelques instants après j'entends ma femme qui demande: Peut-on entrer ?

Elle avait une mine un peu chiffonnée, mais l'œil

brillant; elle nous demande si nous avons bien dormi, le cousin répond oui, moi aussi, et nous passons dans la salle à manger, où Julie fraîche comme une rose venait de servir le chocolat.

— Et puis je t'ai fait faire deux œufs, me dit ma femme en me regardant bien en face d'un air railleur, tu dois en avoir besoin.

Je ne réponds rien sur le moment craignant de dire une bêtise, mais je me demandais encore : Pourquoi donc ces deux œufs ? quand profitant de l'absence de mon cousin qui venait de sortir une minute, ma femme me dit à mi-voix :

—Cochon! Julie me l'avait bien dit.

La rentrée de mon parent interrompit ce beau discours : il n'était pas long, mais il me suffit; j'avais compris.

Mon cousin

avait sans le savoir passé la nuit avec ma femme, et ma femme ne se doutait de rien.

Me fâcher, faire connaître ma mésaventure, c'était inutile, n'est-ce pas? Je pris donc le parti de ne rien dire dans l'instant.

Quelques heures plus tard, mon cousin nous quittait ; alors attrapant Julie dans un coin, je lui dis d'un air de reproche : C'est gentil ce que vous avez

fait là, vous m'avez joué un joli tour cette nuit, vous pouvez vous en vanter !

Puis allant retrouver ma femme d'un air guilleret, et sans lui laisser le temps d'ouvrir la bouche : Ah çà ! voyons, grosse bête, lui dis-je, tu crois donc que je ne savais pas ce qui se passait ?

Ça ne prenait pas très bien, mais comme j'avais de l'argent sur moi, je fis quelques..... petites dépenses en faveur de ma femme qui finit par me pardonner.

Et voilà comment ma femme croit m'avoir été fidèle, comment mon cousin croit avoir séduit ma bonne, comment cette dernière croit m'avoir joué une bonne farce, et comment je sais aussi que je suis cocu sans que personne s'en doute.

— Ah ! s'crongnieugnieu ! v'n'avez tout d'même pas d'chance d'avoir tant d'veine que ça !

Le Gérant : GENAY

PARIS. — IMPRIMERIE CHARLES BLOT, RUE BLEUE, 7.

HISTOIRES

du

COLONEL RAMOLLOT

PAR INTÉRIM

Pinteau vient d'avoir la gale. Comme on est en province, et que la ville n'a pas d'hôpital militaire, on a envoyé notre homme à l'hospice de l'endroit, où, vu les soins qu'il réclamait, on lui a coupé la barbe, y compris les moustaches.

Ainsi transformé, Pinteau a l'air d'un bon gros père, lorsqu'il revient chez le colonel pour reprendre son service habituel.

— Ah ! te v'là r'venu, s'pèce d'animal !

— Oui ma... ma colonel,

— Eh bien ! tu r'viendras d'main, n... de D...! Frisquet te remplacera encore aujourd'hui, j'te donne ta journée pour ta convalescence ; va t'prom'ner au soleil ; fait bon, fait beau, ça t'f'ra du bien, s'ment, n'va pas t'fatiguer, tu m'entends !

Pinteau ne se le fait pas dire deux fois, il fait un *mitour'oite* de première classe, et le voilà dehors.

Il fait effectivement un temps superbe, et depuis huit jours qu'il n'a pris l'air, Pinteau trouve qu'un petit tour de campagne ne peut que lui aire du bien.

Oubliant la recommandation du colonel, qui lui a pourtant bien dit qe ne pas se fatiguer, le voilà parti du diable, toujours tout droit, si bien au'au bout de trois heures de marhe, il se trouve dans un village à lui complètement inconnu.

La fatigue commence à se faire sentir, et pour se reposer, Pinteau entre s'asseoir à l'église.

Personne dans la très modeste basilique, ni suisse, ni prêtre, même pas de moutards, les oiseaux voltigent dans la chapelle, grâce aux vitres cassées qui leur livrent passage, et, peut-être dans l'intention de bien faire constater sa présence, l'un d'eux, passant au-dessus de Pinteau tout en piaillant joyeusement, lui laisse tomber sur la tête une petite offrande... simple, mais d'un goût douteux au point de vue des belles manières.

— Sacornom dè nom ! s'écrie Pinteau vexé.

Cette exclamation, peu usitée dans l'endroit, fait sursauter une bonne femme que notre guerrier n'avait pas vue d'abord, et qui était en prière dans un coin.

La présence de la dévote rappelle Pinteau aux convenances, il se contente de bougonner tout bas et tout rentre dans le silence.

Au moindre mouvement, au plus petit bruit, la vieille se retournait, semblant attendre quelqu'un ; enfin, n'y tenant plus, elle s'approche du militaire qui se reposait benoîtement :

— Pardon, Monsieur, vous aureriez pas vu m'sieu l'curé ?

— Lè... lè curé, mosieu lè curé ? non, j'ai... j'ai pas vu lè curé, non.

— C'est étonnant, y m'avait dit d'venir à trois heures pour m'confesser...

— Mais... mais dè pour lors y va vènir.

— Vous croyez ?

— J'en suis sûr, affirme Pinteau, pour se donner un air bien informé, et d'un geste magnifique, il allonge le bras, en ajoutant : Rètournez prier, bonne femme, rètournez, cè moi qui vous lè dis.

Après un moment d'indécision, la bonne femme va s'agenouiller un peu plus haut, près d'une chapelle latérale.

Le curé lui avait effectivement dit de venir à trois heures au confessionnal, mais, retenu chez lui par une visite inattendue, il avait oublié sa pénitente.

Pinteau, suffisamment reposé, allait se retirer,

quand une voix bien connue le fit tressaillir : c'é-
tait celle du colonel Ramollot, qui, lui aussi, profitant du beau temps, faisait une promenade en voiture avec madame la colonelle, et qui, avant
d'entrer visiter l'église, venait de lancer un s'crongnieugnieu ! superbe pour inviter la jument à se
tenir tranquille.

Pinteau se souvient alors de l'inutile recommandation à lui faite le matin même par le colonel.

Si qui mè trouve dans cette n... dé D... d'église,
se dit-il avec effroi, jè suis f...! pour sûr qui va me
f... dèdans !...

Où se cacher !... comment faire !... La retraite est
coupée, Ramollot est à deux pas... il est là !... il va
entrer !...

Affolé, Pinteau n'hésite pas, il s'élance si rapide-
ment sur le confessionnal, dont la serrure était
heureusement démanchée, que la bonne femme en
prière n'a pas eu le
temps de l'y voir en-
trer ; mais le bruit que
fait le colonel en en-
trant dans l'église avec
sa femme au même
moment lui fait tour-
ner la tête, et elle
aperçoit alors la porte
du tribunal de la pé-
nitence encore entr'ou-
verte, qu'on referme
avec précipitation.

— Ah ! enfin ! se dit-
elle, voici monsieur le
curé.

Aussitôt elle se lève, et serrant les fesses avec

onction, comme doit le faire toute bonne dévote
elle arrive en trottinant, le nez baissé, s'agenouiller
dans une des stalles.

Pinteau suivait de l'œil, par le grillage de la
porte, le colonel et son épouse qui n'avaient pas
l'air pressés.

— Sacornom dè nom ! se disait-il, et si què le ra-
tichon il allait venir maintènant !... cè ça qui sèrait
unè f... affaire !...

De son côté, la pénitente qui attendait le curé depuis une heure, commençait à trouve le temps
long, et timidement d'abord, elle fit connaître sa

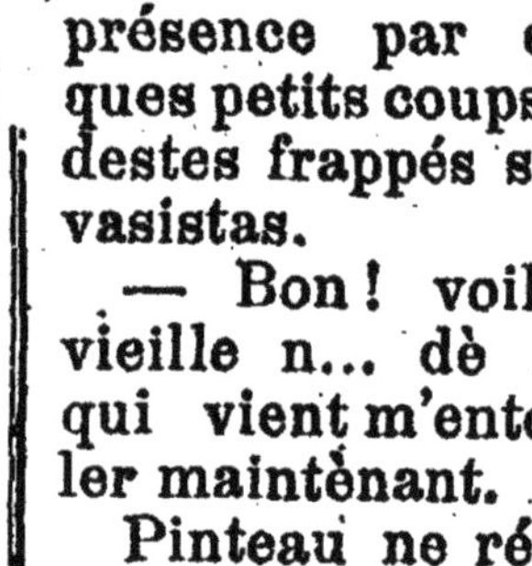

présence par quel-
ques petits coups mo-
destes frappés sur le
vasistas.

— Bon ! voilà la
vieille n... dè D...!
qui vient m'entortil-
ler maintènant.

Pinteau ne répon-
dit pas. Le colonel et
sa femme venaient de
s'asseoir. La bonne
femme frappa plus
fort.

— Eh ! va donc te
faire f... vieille fem-
me estupide ! cè ' què tu mè f... bougor dè
bête.

Au bout d'un moment d'attente inutile, la dévote
impatientée fit un tel bruit sur la planchette sonore,
que le colonel et sa femme tournèrent la tête du
côté du confessionnal.

— N... dè nom dè n... dè D...! se dit Pinteau, cette

poison dè mon sac a va faire découvrir la ficelle !...
Ah ! après tout, jè m'en f...!

Et sa résolution prise, il laissa retomber le petit
rideau vert de la porte, craignant d'être enfin découvert par le colonel, puis faisant appel à ses sou-
venirs d'enfance, il souleva le carreau de bois de la
stalle où l'attendait la bonne femme, en se préparant
à la confesser de son mieux.

— N... dè D...! Madame, vous pouvez donc pas
mè donner lè temps d'invoquer lè Seigneur! cé què
vous sè f... de ma fiolé?

Pinteau, roublard, parlait aussi bas que possible
afin de ne pas être trahi par son organe, mais il
n'avait pu retenir cette brusque sortie, car il n'é-
tait vraiment pas content.

La bonne femme, un peu effarée de ce début, ne

trouvait rien à répondre, mais Pinteau, voyant la
situation compromise, rassura la pénitente en lui
disant d'un ton mielleux : Allons, bonnè femme,
rèmettez-vous et faitès voté prière.

Au milieu du *confiteor*, la dévote se tamponna
l'estomac en poussant d'énergiques *c'est ma faute,*

c'est ma faute, c'est ma très grande faute, ce à quoi Pinteau, loustic malgré sa situation gênée, lui répondit : Bien sûr què cé f... pas dè la mienne.

Enfin què voulez-vous, moi jè m'en f...! seulèment, à cause du... du fourbi, dites-moi cè què vous avez fait, bonnè femme.

Monsieur le curé aura bien déjeuné aujourd'hui sans doute, se dit la dévote surprise, mais comme elle ne trouvait pas que c'était son affaire, elle commença à débiter avec une certaine volubilité, toute une série de péchés sans importance, en se ménageant les plus gros pour la bonne bouche, comme si en reculant l'instant des aveux les plus pénibles, ils lui eussent semblé plus faciles à faire.

A un moment, la vieille dame annona une dernière peccadille, la traînant le plus possible, puis elle se tut brusquement.

— Oui, jè,.. jè comprends, mais tout ça, c'est dè pètites j.....-f...ries dè mon sac, c'est des petits péchés dè rien du tout què jè m'en asseois dessus,

cè moi qui vous lè dis, et si vous avez pas autre chose dèssusse la coloquinte... av'-vous aute chose dèssusse la coloquinte? dites-moi tout n... dè D...! ne vous gênez pas, vous comprènez bien què jè m'en f...!

La bonne femme qui n'avait jamais été confessée avec une pareille rondeur, commençait à n'y rien comprendre, mais comme elle était loin de soupçonner Pinteau dans le confessionnal, elle finit par être convaincue que le curé était décidément pochard. Il est de bonne humeur, se dit-elle, moi ça ne me regarde pas après tout, et de plus, comme il est gai, il ne me donnera qu'une toute petite pénitence, ce sera toujours ça de gagné.

— Aidez-moi, mon père, dit-elle en soupirant.

— Què.... què jè vous aide?...

— Oui, mon père, interrogez-moi, car je n'ose...

— Ah! f...! ça dèvient entortillant.

Soulevant un coin du rideau de la porte, Pinteau vit le colonel et sa femme toujours assis; afin de

rester dans sa cachette, il se résigna à interroger la dévote :

— Voyons, n... dè D...! cè que vous avez bien pu faire dè cochon? Vous... vous avez-t'y fait vote mari cocu?

Rètournez prier, bonne femme, rètournez, cè moi qui
vous lè dis.   (Page 147)

— Oh! mon père, comme vous me dites ça!

— Eh bien! dè quoi bonnè femme, cè pas une affaire, tout lè monde y fait son mari cocu.

— Je... je suis veuve, mon père, vous le savez bien.

— Oui, oui, jè... jè sais bien, n... dè D...! mais... mais qu'il a pas toujours été mort, dè pas vrai, sans ça comment qui vous aurait épousé, cè J...-f...-là !

Un bruit de chaises remuées annonça à Pinteau le départ du colonel, et un instant après, le bruit de la voiture qui filait le lui confirma; dès lors il pressa les choses.

— Mon père, j'ai naturellement trompé mon mari de son vivant, mais je m'en suis accusée ; maintenant qu'il est mort...

— Vous faites bien quelqués petites noces hein ?

— Mon père, je... reconnais... avoir eu des faiblesses pour un vieil ami, et je m'en repens...

— Et pourquoi donc, n... dè D...! cè què ça f...! quand què vous aviez un mari, c'était bête, parce que s'il avait débiné lè truc, il aurait pu vous f... des calottes et vous enlèver lè c...; mais maintènant qu'il est nettoyé, pourquoi què vous fréquenteriez pas dè la créature qu'il est susostible d'agréments?...

— Mais mon père...

— Jè vous dis dè faire la noce, n... dè D...! quand on la fait pas cè assèz entortillant, cè moi qui vous lè dis, et pour vous apprendre à pas l'avoir fait dè plus què ça, vous allez aller trouver votre vieux, vous lui ferez des escuses, et pour vot'e pénitence, vous y embrasserez lè derrière.

C'étaitvéritab lement trop fort : la vieille dévote suffoquée quitta le confessionnal sans plus attendre, elle sortit de l'église sans se retourner, et Pinteau enfin libre sortit à son tour, heureux d'avoir évité le colonel.

Seulement la bonne femme n'est jamais revenue à confesse, et grâce aux conseils de son directeur par intérim, le curé, qui ne sait pas pourquoi, passe partout pour un homme qui se pique le nez.

AFFAIRE DE FAMILLE

AR suite d'une légère indisposition, le colonel Ramollot garde la chambre ; il parcourt les journaux du jour, sans seulement s'apercevoir que Pinteau tourne autour de lui d'un air embarrassé.

Cependant, à force de hum ! successifs timidement lancés par Pinteau, le colonel finit par lever la tête.

— C'que tu as donc, n... de D...! à m'fendre la tête avec tes hum ?

— J'ai... rien, ma colonel, j'ai... j'ai rien seulèment...

— S'ment quoi? s'crongnieugnieu! signifie?

— Eh bien! ma colonel, si... si ma colonel y... y l'aurait pas bèsoin dè moi jè...

— Bon! vois c'que c'est, tu voudrais encore f... le camp, pas vrai?

— Oui, ma colonel, mais... mais si ça gêne ma colonel, jè... jè m'en irais bien tout dè même.

— C'que tu vas f... dehors, t'embêter ?

— Oh! non, ma colonel, cè... cè une affaire dè... dè famille quoi.

— Ah! Eh bien! on l'dit n... de D...! Pour lors tu... tu vas voir ta famille, d'après c'que tu dis ?

— Oui, ma... ma colonel, jè... jè voudrais bien voir mon frère.

— Ah! ton... ton frère pour lors. Et... c'qui fait ton frère, hein?

— Ma... ma colonel, mon frère est... est masseur.

— Tu vas voir ton frère et ta sœur ?

— Non, pas ma sœur, ma colonel, mon frère seulement.

— Mais n... de D... c'que tu m'f... là pour lors, tu m'dis ton frère et ta sœur.

— Non, pas tasseur, ma...

— C'ment ça, s'crongnieugnieu, v'là qu'tu m'tutoyes, j'indispose !

— Ah! non, ma... ma colonel, jè dis masseur.

— Parbleu n.... de D..., j'sais bien qu'il n'est pas ma sœur.

— Pardon, il...

— C'ment ça! c'ment ça! v'là qu'j'ai une sœur maintenant!

— Ah! jè... jè sais pas, ma colonel.

— Mais, s'crongnieugnieu! j'sais f... bien que

j'n'en ai pas, signifle encore cette foutaise? quand tu me r'gard'ras avec ton œil de couenne, s'pèce de tourte !

— Jè parlè pas de la sœur de ma colonel... jè...

— Oui, n.., de D...! j'vois c'que c'est, tu cherches encore à m'f... dedans avec ta sale famille de mon sac! tu m'dis qu'tu vas voir ton frère, et puis après ça tu m'dis qu'tu vas voir ta sœur; si tu vas voir ta sœur j'm'en f..., mais ta sœur c'pas ton frère, n... de D..., j'sais c'que j'dis p'têto, n'suis pas une tourte.

— Fectivèment, ma colonel, c'est pas ma sœur qu'est... qu'est mon frère, c'est mon frère qu'est... qu'est masseur quoi !

— S'crongnieugnieu! j'n'aime pas qu'on s'f..., de fiole, entends-tu c'que j'te parle, b... de m'lon?

— Mais colonel, jè...

— F...-moi la paix, n... de D,..! si tu as une sœur tu peux bien l'dire, c'que ça peut m'f...

— J'ai... j'ai pas dè sœur, ma... ma colonel, c'est mon frère...

— Mais n.,. de D...! tu es bien f... de n'pas s'ment savoir si tu as un frère ou une sœur d'après c'que tu dis.

— Mais si, colonel, jè... jè sais bien què... què j'ai qu'un frère.

— Eh bien! on l'dit pour lors.

— Même qu'il est masseur.

Le colonel Ramollot n'y tenant plus de colère, se lève furieux :

— Mais n... de D...! encore une fois je m'f... qu'tu aies une sœur ! va la trouver ta sœur et f...-moi la paix b... d'oie!

Pinteau, tout effaré, ne juge pas nécessaire de poursuivre la conversation et il s'esquive lestement pour aller retrouver son frère qui l'attend sur le trottoir de la maison en face, pendant que le colonel, très échauffé par la discussion, va prendre l'air à la fenêtre.

Il aperçoit alors Pinteau qui file avec un civil.

— S'crongnieugnieu ! signifie ! m'dit qui va r'trouver sa sœur et v'là qui f... l'camp avec c'particulier !...

Et très vexé de se croire f... d'dans, Ramollot rentre précipitamment dans sa chambre, où il rédige la note suivante :

Voir à f... quatre jours à Pinteau, pour s'être promené dans la rue avec une femme déguisée en homme qu'il voulait faire passer pour ma sœur.

PETITE CORRESPONDANCE

Cè què les zoneurs! cè què la fortune! cè què lè plèsir! cè què
tout lè tralala de tout çà! cè què lètrone dèsempreur quan l'amoure.
il est pas du machin! lè zoneurs, la fortune, lè plèzir et lésempreur
cè dè la... moutarde, cè rien quoi. Sans l'amour, cè qu'il est la vie!
cè un maleur et volà. Cè pourquoi madmoscèle Joséfine què jè suis
cette fleure què sa tige il pèrit dè maleur quand què jè vou voit
si rèmarcable da boté étonnante et què vous n'avé pas deviné la
pacion dont il se renferme sous cétuniforme vulguerre et qui cache
dè trésore dè sentiman. Dité moi sèlement ce mot : Ausé mè parlé,
et vous veret alors què jauseret vous dir : Joséfine je t'adort, mon
noneur, jè m'en f... jè tè lè done fè zen cè què tu voudrat.

A LA DAMME DU CEGOND

Madamme, si jè mais la min
à la plume, c'est pour à seule
fain de vous abriter de mon espérience et étude à l'endrois d'une
n... de D... dè je sais pas quoi de mon derrière qui fait vote qui-
sine. Cette personne què je rougis dè pas prononcer son nom tant
qu'il mè dégoute, il me dit l'aute jour quétet un soire : Brossé vous
donc lè dent avèque de l'eau de corogne vous santé vrèment trop
le tabat. Vu ma remarquable natur d'amoure jè consent, et quan-
que j'ai finit, cette sal domestic y dit : fo rangé la brose quest ta
madamme. Comprenez si j'ai fet une gueule, mait entré nous comment que vous ausculté de la chose. Et alor j'ai dit cè finit entre
vousé moi.

Et là décus madamme je mè prosterne de salutation et compli-
men devers la personne què vous êtes de respèque.   *Un nami.*

Non Julit, non cétinutil, je ref... plus lépié dedan la maizon de
vomète, des cochons qui manget jamet de rôtis! Je vous aimet,
mai què voulé vout povranfan, jè peut pas me fert à la légume.
Sangez dè maizon cheramit, sangez dè maisonet dè pour lors nous
véront. Ennatendan croilliez-moi vous zavé monestime, et cé pas
donner à toule monde.

Le Gérant : GENAY.

PARIS. — IMPRIMERIE CHARLES BLOT, RUE BLEUE, 7.

www.ingramcontent.com/pod-product-compliance
Ingram Content Group UK Ltd.
Pitfield, Milton Keynes, MK11 3LW, UK
UKHW022228120726
13694UKWH00002B/741